AF382067

Corinne BLOT

La pluie de roses

Roman

A ma fille Julie
(beaucoup plus grande que moi !)

On ne rencontre pas les gens par hasard.
Ils sont destinés à traverser notre chemin pour une raison.
(Auteur inconnu)

Les fiançailles : moment pas facile où l'on pose les fondations de
sa maison et où il faut creuser bien profond pour être sûr que la
maison tienne.
(Paroles de futurs mariés)

On sèmera tous les jours…
(Phrase d'un jardinier avisé)

Automne 2013 - Le mariage

En ce samedi après-midi de fin septembre, la météo avait décidé d'offrir un soleil des plus resplendissants et un ciel bleu sans nuages au mariage qui allait être célébré dans moins d'une heure.

Après avoir emprunté les nombreuses ruelles de la vieille ville, aux maisons en granite et calcaire et aux façades couvertes de part et d'autre de typiques colombages normands, la centaine d'invités attendue commençait à arriver au lieu du rendez-vous, prévu au pied de la basilique Notre-Dame d'Alençon, façonnée par plus de six siècles d'histoire.

Les groupes d'amies commentaient joyeusement, tout en marchant, la tenue que chacune d'entre-elles avait choisie depuis longtemps déjà pour l'occasion. Leurs compagnons partageaient, quant à eux, des blagues ou des souvenirs de mariages passés, afin de détendre un peu l'atmosphère, quelque peu stressante, du « bien se tenir ce jour-là », clamé par la gente féminine.

La génération des cinquantenaires, pour la plupart déjà parents de grands enfants, se mirent à saluer, dès leur arrivée, leurs frères et sœurs, beaux-frères et belles-sœurs, ainsi que neveux et nièces, tous très heureux de se retrouver pour une si belle journée.

Enfin, la famille de la future mariée se mêla timidement à celle du futur époux en attendant justement leur venue qui ne tarda pas. En effet, des exclamations de joie retentirent quand une voiture, ornée de rubans et d'une gerbe de fleurs fraîches stationna devant l'édifice religieux. Au moment où elle ouvrit la portière, les regards se dirigèrent vers la jeune femme vêtue d'une robe blanche romantique, toute en plumetis avec un décolleté en cœur et des bretelles à volants. Un voile en tulle brodé, tenu par un chignon sophistiqué, lui recouvrait la tête.

Personne, hormis sa grand-mère et sa mère, n'avait eu le privilège de voir sa tenue avant le jour J. La découverte fut d'autant plus émouvante pour ses proches, surpris par la transformation de la jeune femme.

Son père, pourtant à l'aise dans son costume beige, l'accueillit surpris à la sortie du véhicule, afin de lui prendre le bras et de monter les quelques marches du parvis où l'attendait, un peu à l'écart, son compagnon au milieu de sa famille. Les deux hommes avaient du mal à cacher leur émotion devant la jeune femme radieuse qu'ils avaient en commun…

Les nombreuses embrassades et salutations prirent fin lorsque le prêtre vint donner le signal du début. Les nombreux invités se glissèrent dans la fraîcheur de la basilique, jusqu'au chœur, au son d'une musique religieuse.

Puis la célébration commença.

Après avoir accueilli la fiancée, conduite par son père, plus fier que jamais, ainsi que le futur époux, accompagné par sa mère, tout aussi émue sous son chapeau crème, le prêtre souhaita la bienvenue à tous au nom de l'Église. Les témoins et les enfants d'honneur prirent place, à leur suite, sur la première rangée de chaises qui leur étaient réservées.

Puis, l'assemblée entonna, à l'aide d'un fascicule, un chant de louange du groupe lyonnais Glorious[1], qui surprit chacun par son côté contemporain et joyeux :
Notre Dieu est là,
là où on ne l'attend pas.
Nous dansons, nous dansons,
pour notre génération.
Nous prions, nous prions,
parmi les acclamations.
Élevons nos mains vers Lui,
nous marchons, nous marchons,
reçois notre adoration.

S'ensuivit, au son du violon et du tambourin, le Gloire à Dieu, tandis que furetaient, de part et d'autre, deux photographes, commandités par le jeune couple pour l'occasion.

----

[1] Chant « Nous dansons » – 2013 – Album Electro pop louange

Après la première lecture, trois chanteurs d'une trentaine d'années, reprirent le psaume avec des voix synchrones, le magnifiant ainsi. L'animatrice de la chorale entraîna ensuite la foule dans un Alléluia, avant le passage de l'Évangile proclamé par le célébrant.

La chaleur inattendue de ce jour de septembre obligea plusieurs femmes à s'éventer avec leur livret, tandis que les hommes, en costume trois pièces, la supportaient vaillamment. Quelques parents suivaient leurs bambins dans leurs escapades, hors des poussettes, dans les allées. Le prêtre n'en semblait pas perturbé et s'adressa aux futurs époux avec une homélie personnalisée, mêlant l'amour et la Parole de Dieu à leurs deux vies. Ses mots si profonds touchèrent particulièrement les membres de l'assemblée. Puis un long moment de silence permit à chacun de méditer ces paroles dans son cœur.

Le prêtre invita enfin les témoins à venir entourer les jeunes mariés, pour invoquer l'Esprit Saint, dans un chant a cappella, avant de recevoir leurs consentements mutuels. Les oui prononcés solennellement, suivis des formulations traditionnelles, achevèrent presque d'unir les deux époux devant Dieu, dans un silence respectueux de la part des invités. Il manquait la bénédiction et le partage des alliances, signe de leur fidélité et de leur tendresse, que les fiancés échangèrent pour la première fois de leur vie.

La joie régnait déjà depuis leur entrée dans la basilique et trouva son apogée à cet instant. Quelques discrètes larmes glissèrent lentement sur les joues des parents qui confiaient aujourd'hui, définitivement et solennellement leur enfant respectif, à une autre personne.

La prière universelle rendit à chacun son aplomb, avant que le prêtre n'entame la préparation des hosties, devant l'autel où flambaient quatre cierges, autour du ciboire et de la coupe recevant le pain et le vin qui allaient être consacrés.

Il confia au Tout-Puissant les nouveaux époux dans une prière, proposa à tous de se donner un signe de paix et se dirigea vers les mariés qui communièrent ensemble. S'ensuivit la longue procession des chrétiens présents, accompagnée par un chant à Jésus. Le bouquet final fut un hymne à la Vierge Marie à laquelle le couple offrit son amour. Enfin, la bénédiction de l'assemblée clôtura cette heureuse célébration, suivie de la signature des registres.

L'orgue reprit du service pour accompagner la sortie des familles, amis présents, collègues de travail et voisins proches, jusqu'à l'immense porte en bois ouverte en grand. Ils purent tous se saluer à l'air libre : les cousins s'embrassèrent, les anciens se félicitèrent et les compliments fusèrent de partout dans une ambiance joyeuse et festive. Les cloches de l'édifice de style gothique flamboyant tintaient, elles aussi, pour partager avec toute la ville l'allégresse générale.

Une Simca 1000 de 1962, vert pomme, sa couleur d'origine, décorée simplement de rubans blancs aux poignées des portières, arriva quelques minutes plus tard, au pied de la basilique, pour attendre les mariés. L'effet fut garanti auprès des amateurs, plutôt masculins, de voitures de collection ; les femmes, quant à elles, adorèrent sa couleur pastel. Les nombreux passants s'arrêtèrent un instant pour admirer, à la fois le véhicule et les heureux élus qui jaillirent de l'édifice religieux presque au même moment.

Une allée d'invités les attendait déjà sur le parvis, armés de pétales de fleurs qu'ils leurs jetèrent en signe de joie. Les enfants d'honneur, main dans la main, profitaient timidement de l'ambiance dans laquelle on les avait plongés. Les plus petits, surpris du brouhaha soudain et des cris à l'extérieur, se mirent à sangloter, vite récupérés par les bras de leurs parents.

Puis, la mariée, après de longues poses photo aux bras de son époux, se retourna afin de lancer son bouquet à la prochaine future promise, une tradition que la jeune femme attendait de réaliser depuis longtemps. Une fois son vœu exaucé, elle se retourna pour découvrir que les fleurs avaient atterri au creux des mains d'une de ses amies ! L'avenir le dirait !

Enfin, les deux tourtereaux grimpèrent à l'arrière, sur les sièges en simili cuir beige de l'ancienne voiture qui leur était réservée. Le chauffeur tourna la clé dans le démarreur, débraya, puis posa la main sur le petit levier à quatre vitesses. Le son du moteur d'origine enchanta la gent masculine en admiration. La Simca fut enfin suivie du défilé de tous les autres véhicules qui prirent ensemble le chemin du manoir où se déroulerait la suite des festivités.

Le manoir du Gué aux biches

Ils roulèrent une cinquantaine de kilomètres en direction de la forêt d'Andaines, vers Bagnoles-de- l'Orne qu'ils traversèrent en klaxonnant allégrement, jusqu'aux grilles ouvertes du portail du *Gué aux biches*. Après avoir emprunté un chemin bordé de hêtres et de rhododendrons, chacun put découvrir cette magnifique bâtisse de quinze pièces sur quatre étages, ancien relais de chasse de la Belle Époque, pourvue d'une salle de réception, d'une galerie et d'un grand salon au rez-de-chaussée. Le cortège passa sous une banderole portant l'inscription *Velkommen, bienvenue*.

Soren, l'heureux propriétaire danois de ce lieu magique perché sur une colline, surplombant la forêt, invita d'abord les convives à se diriger vers le parking prévu pour leur arrivée. Son compagnon, Klaus, commença quant à lui à donner des consignes aux serveurs du traiteur déjà présents. Tous deux avaient également été chargés de décorer leur propriété pour le mariage de leurs amis qui leur avaient laissé carte blanche.

L'allée centrale menant à la porte d'entrée du château,

par laquelle les convives se pressèrent peu après, embaumait du subtil parfum d'une multitude de bouquets de roses, disposés de part et d'autre dans des grands vases. Plusieurs portiques habillés de guirlandes de lierre naturel et de rubans de satin blanc, installés entre les chênes, les châtaigniers, les hêtres, les tilleuls et les érables du grand parc, complétaient ce décor champêtre. Quelques jolis bancs en fer forgé pouvaient recevoir les invités pour de longues conversations, pendant le cocktail, à l'abri d'arbustes en pots, taillés en arcade au-dessus de leur tête. Enfin, du côté sud, on apercevait, dans la propriété, un petit lac où un jet apportait une ambiance sonore délicate, avec le clapotis de l'eau y retombant doucement en pluie. Plus loin, un tulipier, un paulownia et plusieurs tilleuls finissaient d'apporter une touche de sérénité dans ce cadre verdoyant.

Louise, jeune femme d'à peine trente ans, 1m75, le corps élancé, les cheveux longs et châtains, les yeux verts, se dirigea vers le manoir du domaine. Elle emprunta un large escalier en granit afin de rejoindre sa meilleure amie, Rosie, de son âge. Elle aussi portait les cheveux longs, mais bruns et coiffés en chignon sophistiqué ce jour-là et ses yeux étaient couleur noisette, elle était beaucoup plus petite que Louise. Elle la rejoignit autour du buffet installé sur la terrasse de dix-sept mètres, longeant pratiquement toute la façade de l'édifice.

- Coucou, Rosie ! Je te cherchais partout ! Et c'est évidemment avec un canapé dans la bouche que je te retrouve ! Quelle gourmande !

- Ne te moque pas, Louise, essaya t'elle d'articuler la bouche pleine.

- Je plaisante, bien sûr ! Tu sais comme je t'adore, ma grande…mais fais attention à ta robe !

- Oh, oui, merci !

- Mais, dis-moi, où est ton mari ?

- Thomas ? Disparu ! Je pense qu'il doit être en train de discuter voitures avec ton frère Martin.

- C'est possible, ils sont intarissables sur le sujet.

- Et Vincent ? Crois-tu qu'il va supporter de porter son costume toute la journée ?

- On parie ? Je crois bien qu'il fait une compète avec papi Denis ! Celui qui tiendra le plus longtemps invitera la mariée à danser ce soir, sans lui marcher sur les pieds !

- Tiens, regarde ta mère, Dominique ! Mayday, mayday, je crois qu'on l'a perdue ! Elle est déjà écarlate et elle rit de très bon cœur ! Et la journée n'est pas finie…

- Oui, comme d'habitude, un verre de vin et la tête lui tourne déjà. Bon, je te laisse à ton festin, attention à ta robe ! Je vais essayer de trouver Patrick et Lucinda qui doivent être un peu perturbés par le décalage horaire de leur long voyage.

- OK, à tout à l'heure.

Louise se faufila donc entre les splendides robes longues de certaines invitées, les hommes tout aussi élégants que leurs épouses, les bambins qui couraient à la recherche de leurs cousins et les ados réunis en clans isolés, hypnotisés par l'écran de leurs portables. Elle croisa également Klaus, dans son pull à col V bleu ciel, avec son plateau, qui offrait à qui voulait des petits fours salés : « *Help du selv, servez-vous.* » Louise prit un feuilleté au saumon, lui répondit *tak*, merci en danois, et finit par trouver ses amis réunionnais, entourés de son père Jacques et de sa grand-mère Juliette, à l'intérieur, dans le grand salon aux grandes fenêtres et tentures gris anthracite. Ce dernier possédait une cheminée ornée d'une horloge et de chandeliers d'époque, d'un immense miroir sur un mur peint en rouge et de quelques meubles, ainsi que d'une table basse entourée de fauteuils anciens qui n'alourdissaient pas la décoration raffinée des lieux.

- Ah, vous voilà enfin ! Mamie, j'espère que tu ne parles pas de moi en mal à mes amis ? De toute façon, ils ne te croiront pas, je les ai prévenus !

- Oh, Louise, ma chérie, répondit-elle, je leur raconte seulement à quel point j'étais inquiète lorsque tu es partie à l'aventure seule sur leur île.

- Bien sûr, maman, rétorqua Jacques, si nous t'avions écoutée, nous n'aurions jamais quitté la Manche !

- Je n'étais pas seule, mamie, mon ange gardien veillait sur moi à chaque instant. Je lui ai fait confiance et je suis de retour entière et surtout heureuse de cette expérience.

- C'est vrai, reprit Juliette, tu es rayonnante depuis ton voyage et particulièrement aujourd'hui !

- Merci, mamie, n'en fais pas trop, tout de même.

Louise se tourna enfin vers Patrick, vêtu pour l'occasion d'un costume bleu ciel, d'une chemise blanche et d'une cravate jaune. Lucinda, assortie à son époux, portait une longue robe imprimée de fleurs tropicales, des boucles d'oreilles en anneaux dorés et une délicate fleur de tiaré dans les cheveux.

- Vous êtes magnifiques, tous les deux, s'exclama Louise, hauts en couleurs !

- Je tenais à te faire honneur : les teintes que j'ai choisies rappellent le bleu du ciel réunionnais et de l'océan Indien, et le jaune, celle du soleil de l'île intense, expliqua Patrick, et Lucinda aime autant que toi nos fleurs locales. Un clin d'œil, en fait, répondit Patrick.

- Quelle belle attention, Patrick ! En tout cas, je vous remercie d'être venus partager ces moments de joie avec ma meilleure amie, Rosie et moi.

18 mois plus tôt, le 24 décembre
Le retour

Dans moins d'une demi-heure, le Boeing 777-300 d'Air France, en provenance de l'aéroport Roland Garros de Saint-Denis de la Réunion, amorcerait sa descente sur Orly.

A son bord, malgré la fatigue du long voyage, Louise se préparait mentalement au retour dans la métropole et surtout dans son ancienne vie, comme elle aimait la nommer.

Quelques mois plus tôt, elle travaillait encore en tant que commerciale dans une entreprise d'équipements médicaux, Mat'Méd, destinés aux hôpitaux, après l'obtention de sa licence en commerce et management. La jeune femme s'était vite rendu compte que son épanouissement personnel ne se trouvait pas dans cette branche. En effet, associer argent, budget et rentabilité au terme patient ne lui semblait pas compatible. Elle commença doucement une descente vers l'ennui d'abord, puis vers une grande lassitude qui se transforma finalement en déprime.

Louise, de nature plutôt optimiste, décida de trouver une solution avec le soutien de son compagnon d'alors, Fabien. Malheureusement, celui-ci choisit au même moment de clore leur relation. Cette annonce fut le coup fatal qui laissa Louise au tapis pour un bon moment : le cœur brisé, anéantie, elle perdit quasiment dix kilos en deux mois, incapable d'avaler quoique ce soit.

Même sa meilleure amie, Rosie, ne lui fut pas tout de suite d'un grand secours, elle-même avait perdu son emploi de cuisinière, son dernier contrat n'avait pas été renouvelé et, par-dessus le marché, son copain l'avait également quittée pour une autre fille.

Un arrêt de travail et l'aide de ses parents chez qui elle alla se reposer, l'aidèrent petit à petit à refaire surface. Sa relation avec sa mère, qui n'avait jamais été facile, s'améliora au fil des balades et surtout des discussions profondes qu'elles prirent le temps d'avoir ensemble.

Enfin, les deux amies, Louise et Rosie, se retrouvèrent pendant cette période sombre et finirent de remonter la pente ensemble.

Après ce vide intérieur, la première décida de tout quitter pour partir vers une destination inconnue, en quête d'elle-même et la seconde rendit son logement pour retourner auprès de sa famille en Bretagne et trouver une place dans la restauration pendant la saison touristique.

Comment sa famille la trouverait-elle ? Elle se sentait tellement différente aujourd'hui, comme guérie de certaines blessures après quatre mois passés dans l'île.

Elle avait bel et bien largué le poids douloureux de son cœur et de son âme. Elle semblait avoir été traversée d'un esprit d'une paix indescriptible. D'ailleurs, son visage rayonnait d'une joie immense, sa bonne mine faisait oublier les traces laissées par sa dépression et son amaigrissement avant de partir.

L'avion avait commencé sa descente progressive à travers les nuages depuis un bon moment déjà quand un signal sonore retentit avant de laisser la parole à une hôtesse de l'air :

- Mesdames et messieurs, notre vol Air France se prépare à l'atterrissage. La température extérieure est de huit degrés. Nous vous demandons de bien vouloir regagner vos sièges, d'attacher vos ceintures et de rabattre vos tablettes.

Puis, ce fut au commandant de bord d'annoncer :

- Nous espérons que vous avez apprécié notre compagnie et, au nom de tout l'équipage, nous vous souhaitons une excellente journée.

Louise ferma son ordinateur où étaient chargés ses albums photos, ainsi que le blog qui lui avait permis pendant ces longs mois d'absence de rester facilement en contact avec sa famille et ses amis. Elle remit ensuite le plateau vide du petit-déjeuner au steward qui passait à cet effet dans l'allée. Elle enleva enfin ses écouteurs et retrouva l'ambiance des derniers instants dans l'avion : le calme qui avait régné pendant ces longues heures de vol fit place à une soudaine agitation où chacun se mit à ranger l'un son livre ou sa tablette, l'autre ses mots croisés ou sa bouteille d'eau. Les parents veillaient à ce que leurs bambins n'oublient pas leur précieux doudou ou leurs jouets pour les plus grands. Enfin, une grande majorité gardait à portée de main son téléphone portable pour enlever le mode avion, impatients d'envoyer dès que possible un message à leurs proches pour annoncer leur arrivée.

Les roues du Boeing touchèrent finalement la piste sans trop de secousses, sous les applaudissements des passagers ravis de leur vol. La jeune femme regarda une dernière fois à travers le hublot, par où elle avait admiré le lever du soleil au-dessus des nuages, une heure plus tôt.

Les bâtiments de l'espace aérien se profilèrent rapidement, la piste portait encore les stigmates noirs des pneus des avions précédents. Après l'arrêt complet de l'appareil, Louise détacha sa ceinture, enfila sa veste et attrapa son sac à dos dans le coffre au-dessus de son siège, elle y rangea son portable, pour sortir enfin, après avoir salué et remercié deux des membres de l'équipage à l'avant de l'appareil.

Elle emprunta à la suite des nombreux voyageurs la passerelle passagers et passa, dix minutes plus tard, les portes automatiques, qui se refermèrent à la fois sur la zone de débarquement et sur une période heureuse de sa vie. Elle suivit machinalement le flot humain vers les tapis de récupération des bagages. Elle attendait patiemment son sac à dos et profita de ces instants pour envoyer rapidement un SMS à ses amis réunionnais qui attendaient des nouvelles de son arrivée à Paris. Elle fut interrompue par des voix qui s'élevaient à quelques mètres du tapis.

- Puisque je vous dis que c'est ma valise, vociférait un homme d'une cinquantaine d'années, apparemment excédé par l'erreur involontaire d'une passagère du même vol.

- Je suis désolée, monsieur, répondit calmement une jeune femme à la chevelure rousse, le teint clair et les yeux bleus, visiblement une provinciale, comme en témoignait son tee-shirt imprimé d'une carte bretonne où était inscrit *oh, my Breiz !* ; j'ai le même bagage…

- Et bien, faites attention la prochaine fois ! répondit tout aussi vivement le propriétaire de la valise.

Devant tant d'agressivité pour si peu de choses, la jeune femme lui rétorqua avec humour :

- De toute façon, je n'aurais rien su quoi faire avec une valise remplie de caleçons sales et de coquillages ! Bonne journée, monsieur, et bon retour à votre quotidien !

Quelques têtes se tournèrent vers les deux protagonistes et esquissèrent un sourire complice en direction de la Bretonne. L'homme, un peu désarçonné par la réplique inattendue de la voyageuse, n'attendit pas son reste, fit volte-face aussitôt et se dirigea rapidement vers la sortie.

- Belle répartie, bravo ! s'exclama Louise en s'adressant à sa voisine.

- Merci, répondit-elle, mais je n'ai fait que remettre ce monsieur sur le droit chemin. Inutile d'être agressif pour me parler, j'aurais très bien compris sa demande sur un ton plus poli.

- En tout cas, ajouta la Normande, j'admire la façon calme avec laquelle vous l'avez remis en place.

- C'est facile, reprit la voyageuse, avant toute situation délicate, comme celle-ci, par exemple, j'envoie systématiquement mon ange gardien visiter celui de mon interlocuteur, avant d'ouvrir la bouche, afin de l'apaiser. Et je me laisse guider. Aussi simple que ça ! Vous devriez essayer un jour…

- Pourquoi pas ? répliqua Louise qui se rappela soudain qu'elle ne devait pas oublier de prévenir son frère de son arrivée à Orly.

- Bon retour à vous !

- Merci, *kenavo !*

Les jeunes femmes se séparèrent enfin et Louise se dirigea d'abord vers la boulangerie Paul d'où lui parvenait une odeur de pain chaud. Elle y acheta un sandwich et un cookie pour le trajet du retour. Puis elle se posa un instant pour appeler Martin :

- Allô, frangin, c'est moi ! Comment vas-tu ? Tout va bien, je suis à Orly et je m'apprête à quitter l'aéroport pour Montparnasse...

Il était prévu initialement que son aîné vienne la chercher au terminal, mais un contretemps professionnel l'en avait empêché. Ils se retrouveraient donc à la gare de l'Aigle.

- Je t'appellerai plus tard, confirma Louise.

Elle prit donc le défilé des voyageurs en marche, qui se pressaient en tous sens et se rappela son passage en ce lieu cinq mois plus tôt. Son impression était différente, cette fois-ci : elle se demanda pourquoi des gens censés être en vacances, pour la plupart, couraient autant ?

Sa vie sur l'île de la Réunion l'avait transformée. Elle allait désormais prendre le temps…

Toute à ses pensées, Louise ne remarqua tout d'abord pas la scène qui se déroulait presque sous ses yeux. A quelques mètres de là, un jeune homme châtain, d'une vingtaine d'années, arborant une barbe de plusieurs jours, vêtu d'un simple tee-shirt kaki, d'un bermuda couleur camouflage et de tongs ayant vécues, assis sur un fauteuil roulant, essayait d'expliquer à l'employé du personnel au sol, chargé de l'aider à la descente de son avion, que personne n'était là pour l'accueillir.

Il lui était impossible de poser le pied par terre, après un accident de scooter en Indonésie d'où il revenait après un long périple de six mois. Son assurance rapatriement ne prenait malheureusement pas son retour en charge, puisqu'il dépassait les quatre-vingt-dix jours d'expatriation. Il devait donc trouver rapidement une solution pour rentrer chez lui, mais l'employé avait l'obligation de récupérer le fauteuil roulant dès son arrivée.

Soudain, surgi de nulle part, un beau jeune homme brun, aux yeux noirs, d'une trentaine d'années, habillé plus chaudement que le blessé, en ce mois de décembre, s'adressa aux deux personnes :

- Excusez-moi de vous déranger, je vous observe depuis quelques minutes, puis-je vous aider ?

Il n'attendit pas de réponse et reprit aussitôt :

- Ne bougez pas, j'ai une idée, je reviens !

Il disparut aussi vite qu'il était apparu, à la grande stupéfaction de ses interlocuteurs et de Louise qui suivait, de loin, le déroulement de leur histoire.

L'employé de l'aéroport profita de l'occasion pour abandonner son passager sur un siège, non loin de la jeune Normande.

Heureusement, le blessé n'attendit pas plus d'un quart d'heure. En effet, son sauveur revînt les mains chargées de deux béquilles qu'il remit, avec un large sourire, au jeune homme resté bouche bée devant lui.

- Mais, mais… Où les avez-vous trouvées ? Je n'ai plus un sou, j'arrive de Jakarta et il ne me reste plus que quelques roupies indonésiennes et…

- Ne vous en faites pas, je reviens de la pharmacie de la galerie marchande, où je leur ai expliqué votre situation. Ils se trouvent qu'ils avaient une paire de béquilles, depuis longtemps abandonnée par des voyageurs n'en ayant plus l'utilité. Le hasard fait bien les choses !

- Merci beaucoup ! Je ne m'attendais pas à trouver une âme généreuse en arrivant à Orly ! Je m'appelle Alexandre et vous ?

- Jean. J'accompagnais une amie en partance pour Toulouse, lorsque je vous ai vu. Il n'était pas question de rester sans rien faire.

- Et bien, je vais pouvoir me déplacer plus facilement maintenant et poursuivre ma route. Encore merci, Jean !

La conversation prit fin sur ce dénouement positif et les jeunes gens se séparèrent.

Cet évènement n'était pas sans rappeler à Louise l'aide précieuse des villageois réunionnais, lors de la recherche de son amie Marie, perdue pendant une randonnée dans le cirque de Mafate. Mais il était temps pour la voyageuse de se diriger maintenant vers la sortie et de trouver la navette Orlyval pour la gare Montparnasse où le train Paris-Granville de 9h45 la ramènerait chez elle.

Le temps de trajet donna l'occasion à Louise de retrouver le ciel gris et pluvieux de la banlieue parisienne et les tristes mines de ses habitants. Provinciale et surtout après avoir vécu dans l'île intense sous un ciel bleu aussi longtemps, la jeune fille n'imaginait même pas un seul instant vivre ici.

La surprise

Elle suivit les indications des panneaux d'affichage électroniques pour trouver le numéro de son train. Ayant un peu d'avance sur l'horaire, Louise s'octroya un passage éclair aux toilettes de la station, pour se rafraîchir. Se lavant les mains, elle leva la tête et vit son reflet dans le miroir, en fait, un double reflet : deux visages se superposaient dans son esprit. L'un dix-huit mois plus tôt, terne et fatigué par ses soucis et l'autre, aujourd'hui reposé, le teint hâlé et rayonnant !

- Le train de 9h45 à destination de Granville, arrivée 12h04, est en gare. Les passagers sont priés de se rapprocher du quai après avoir validé leur billet, annonça la voix féminine caractéristique de la SNCF.

Louise attrapa son sac à dos et fila jusqu'au wagon du Paris-Granville où elle s'installa sur son siège réservé juste avant son embarquement dans l'avion à Saint-Denis.

Le train s'ébranla doucement, quinze minutes plus tard, pour atteindre une vitesse de croisière, ponctuée seulement par quatre arrêts d'environ une minute.

La Normande se détendit enfin, tout en pensant à sa destination : tout organisée et facétieuse qu'elle était, elle avait concocté un canular, pour sa mère en particulier, avec Martin. En effet, il était seul au courant de son retour.

Aux environs de Verneuil, un peu avant le terminus, Louise appela son frère afin de s'assurer de l'heure de leur rendez-vous qui était imminent. Ils n'avaient jamais été très proches et leur relation n'était pas simple, d'autant plus qu'il habitait maintenant à Laval avec son épouse et ses deux enfants. Il y dirigeait en tant que directeur une concession automobile Peugeot. Comment allaient se passer leurs retrouvailles ? *Laissons faire le Ciel !* pensa Louise, confiante.

Elle le trouva, un peu plus tard, à la descente du train, sur le quai. L'air était plus frais, mais plus agréable qu'à Paris ; elle prit une grande inspiration et lui dit :
- Bonjour Martin ! Heureuse de te revoir !
- Moi aussi, la petiote ! lui répondit son aîné, plus vieux de dix ans, de grande taille lui aussi, châtain et les yeux marrons.
Il ne s'embarrassa pas de paroles inutiles et la serra soudain dans ses bras pour lui administrer deux *smacks* bruyants sur les joues ; il recula un instant, la jaugea et de nouveau l'embrassa aussi fort !
- Et bien, quel accueil ! Je suis aussi contente que toi… Où est ta voiture ? Rentrons, je suis éreintée : onze heures de vol, puis 1h20 de train, ça m'a épuisée !
- Pas loin, t'inquiète.
- Maman ne se doute de rien ? Tu ne lui as rien dit,

j'espère ?

- Mais non, tout va bien, elle est partie promener la chienne en forêt. Tu vas pouvoir te reposer un peu chez Élise, une copine de lycée qui accepte de jouer le jeu, avant de l'appeler. Elle travaille cet après-midi et nous prête son appart à Mortagne.

Ils rejoignirent Alice, l'épouse de Martin, ainsi que leurs deux enfants qui patientaient sur le parking en regardant les trains passer en gare.

La joie était palpable ; chacun s'étreignit longuement et les jumeaux de douze ans assaillirent leur tante de questions concernant son périple.

- Laissez votre tante respirer un peu, ordonna la maman, blonde aux yeux bleus, à ses deux pirates. Elle est certainement fatiguée, ce n'est pas la porte à côté, l'île de la Réunion !

- Ne t'inquiète pas, Alice, ils ne me gênent pas du tout et je prendrais le temps de vous raconter mon voyage quand on arrivera chez papi et mamie, OK ?

- Oui, oui, oui entonnèrent-ils en chœur.

- On y va, maintenant. Allez, Justine, allez Maxime, en voiture !

- Monte devant, Louise, sinon, tu auras les jumeaux en stéréo derrière !

- OK, merci, Alice.

Le dépaysement de Louise continua à travers le bocage du Perche qu'ils traversèrent jusqu'au logement de leur amie. Aussitôt installés chez elle, ils burent un café ensemble, puis la jeune sœur prit une douche bien appréciée et s'étendit pour une sieste réparatrice de quelques heures.

Toc, Toc ! Rien ! Martin frappa de nouveau à la porte de la chambre sans succès. Il ouvrit doucement et, devant le corps endormi de Louise, il cria :

- Debout, c'est l'heure ! Réveille-toi !

Elle émergea difficilement des bras de Morphée et réalisa enfin où elle se trouvait. Il était déjà seize heures et ils devaient mettre leur plan à exécution. Pour l'occasion, les enfants durent rester dans la chambre d'à côté avec leur mère pour éviter toute fuite. Martin s'installa donc, peu après, dans la cuisine avec Louise qui s'assit devant un mur blanc, sans indice apparent. Elle prit son portable et appela sa mère en vidéo sur Messenger. Trois sonneries suffirent pour que Dominique se connecte.

- Coucou, Louise, comment vas-tu ?

- Très bien, maman, et toi ?

- Je rentre tout juste d'une balade avec Shelby, elle est fatiguée, regarde, répondit-elle en tournant son portable vers la chienne.

- Je vois ça. En fait, je t'appelle pour t'annoncer mon retour prochain.

- Ah, formidable, je n'y croyais plus, c'est pour quand ?

- Lundi prochain, plus que trois jours et je serais parmi vous. Mais, je dois te quitter, je pars pour ma dernière rando avec Jean-Lou dans vingt minutes. Mon avion décolle de Saint-Denis à 21h15 dimanche, je t'appellerai d'Orly lundi, vers 7h, OK ?

- Très bien, je prépare ta chambre ! Sois prudente, à lundi ma fille ! Je t'embrasse…

- Moi aussi, maman, à lundi.

Louise coupa son téléphone et jeta un œil complice à son frère :

- Nickel ! Elle n'y a vu que du feu !

Les retrouvailles

Les parents de Martin et Louise, Jacques et Dominique, tous deux médecins à Mortagne-au- Perche, habitaient une maison moderne BBC en bois, cubique, depuis environ une dizaine d'années. Ils appréciaient le confort de cette construction, d'autant plus qu'ils avaient souffert, dans leurs jeunes années, de vivre dans des maisons humides. Huit cents mètres carrés de terrain leur suffisaient amplement, afin de ne pas devenir esclaves d'un jardin, en plus de leur travail exigeant en horaires.

Leur chienne Shelby venait partiellement combler le vide du départ de leurs trois enfants : Martin, Vincent, charpentier dans la région bordelaise et Louise, la benjamine.

Les deux généralistes, très pris par leur profession, s'offraient toujours du repos lors des fêtes religieuses importantes : Pâques et surtout Noël qu'ils allaient célébrer ce soir, lors d'un réveillon en famille, avec Martin, Alice, leurs enfants et Vincent, qui devaient arriver d'un moment à l'autre.

C'était la première fois qu'un de leurs enfants manquait à l'appel ce jour-là. Cela occupait d'ailleurs les pensées de Dominique qui attendait avec impatience le retour de sa fille, malgré les contacts fréquents grâce au portable. Ses deux fils vivaient loin de Mortagne et une maman appréciait d'autant plus la présence d'une fille avec qui partager autre chose.

En attendant l'arrivée tardive de tous les convives, la mère de famille s'attaqua aux préparatifs du repas, simple, pour ce soir, dans sa cuisine ouverte sur la salle. La messe de Noël étant célébrée à 21h à l'église Notre-Dame, ils s'y rendraient tous afin de rendre grâce à Dieu pour tous les moments vécus cette année. Le déjeuner du 25 décembre serait plus gastronomique.

Jacques, quant à lui, après avoir vérifié auprès de son épouse que tout se passait bien, se mit en devoir de mettre le couvert sur la table, recouverte pour l'occasion d'une nappe blanche, de bouteilles garnies de guirlandes lumineuses, de pommes de pin glanées dans la forêt et de quelques boules de Noël rouges. Il ajouta sept serviettes vertes dans les assiettes et termina par les verres pour l'apéritif qu'il prit dans le buffet design, au-dessus duquel était accroché un cadre avec une photo de tous leurs enfants au mariage d'Alice et Martin.

Au moment où il sortait les alcools du meuble bas, une voiture se présenta devant le portail de la propriété familiale. Jacques se précipita sur la télécommande afin de laisser entrer la Golf noire de leur fils, maintenant bordelais.

- Vincent est arrivé ! s'exclama le père, ravi de le revoir à l'occasion des fêtes de fin d'année.

- Va l'aider, répondit Dominique, il doit être chargé.

- Bien sûr, Domi, j'y cours, j'y vole ! rétorqua le mari, habitué à recevoir bon nombre de consignes lorsqu'ils recevaient des amis.

Vincent avait déjà sorti son sac militaire du véhicule, lorsque son père le rejoignit.

- Comment vas-tu, mon fils ? Pas de problème sur la route ? demanda-t-il.

- Très bien ! Non, seulement un peu de circulation à la sortie de Bordeaux, comme d'habitude. Je suis le premier ? interrogea Vincent, le benjamin de la fratrie, châtain, les yeux noirs et de taille intermédiaire entre Martin et Louise.

- Oui, ton frère ne devrait pas tarder, as-tu besoin d'aide ?

- Évidement ! La malle de ma voiture est pleine. J'ai pensé à toi, quelques bons Médocs et du Sauternes pour maman !

- Elle va être ravie, merci.

Une fois les caisses de bouteilles et les cadeaux pour Noël sortis, les deux hommes rentrèrent au chaud où Dominique embrassa affectueusement son fils.

- Bonjour, mon chéri, comment vas-tu ? Dépose tes affaires dans ta chambre et viens te détendre, tu dois être fatigué ? demanda-t-elle.

- Ça va, ne t'inquiète pas, maman. Avec du saucisson pour l'apéro, ça ira mieux ; tu y as pensé, j'espère ?

- A ton avis ? Oh, je crois bien que ton frère arrive ! Ouvre-lui le portail, s'il te plaît, j'ai les mains prises, souligna Dominique, occupée à couper du pain.

- OK, j'y vais...

Il ouvrit la baie vitrée qui donnait sur la cour où les voitures stationnaient et se dirigea vers la dernière Peugeot 508, flambant neuve de Martin. Celui-ci coupa le moteur et descendit promptement saluer Vincent.

- Salut frérot ! Alors, comment vas ?

- Impec, rétorqua-t-il. As-tu besoin de moi pour décharger ta caisse ?

- Ma caisse, ma caisse comme tu l'appelles, roule comme une horloge. Entièrement équipée, toutes options, automati...

- Automatique, l'interrompit Vincent, mais c'est pour les vieux ça !

- C'est pas fini les chamailles ? intervint Jacques en leur demandant de rentrer avant la nuit.

- Bonjour Jacques, déclara Alice, juste avant que ses enfants ne sautent au cou de leur grand-père en le couvrant de bisous baveux.

- Papi ! Papi !

- Justine, Maxime, courez vite voir mamie, il fait froid dehors... rétorqua-t-il, pour se libérer de leur étreinte.

- Attends, papa, l'interrompit Martin. Appelle maman, le Père Noël a apporté quelque chose de très spécial pour vous. C'est dans la voiture...

Sa mère, peu encline à recevoir des cadeaux, hésita à se déplacer et prétexta qu'elle devait finir de préparer son repas pour retarder le moment et leur faire abandonner l'idée. Mais Martin insista lourdement et vint même chercher sa mère par le bras.

- Allez, maman, ne te fais pas prier, pour une fois, c'est une surprise particulière.

- C'est bon, c'est bon, lâcha-t-elle enfin, en enlevant son tablier pour le suivre.

Jacques, Dominique et Vincent réunis à l'arrière de la Peugeot n'eurent pas le temps de réagir que Martin déclencha l'ouverture automatique du coffre avec sa clé, d'où surgit Louise, comme un pantin de sa boîte !

Le choc fut de taille, le subterfuge était parfait, aucun des membres de la famille ne réalisa ce qu'ils voyaient. L'information qu'ils venaient de découvrir, devait monter au cerveau : comment Louise pouvait-elle être à la fois dans l'île de la Réunion et ici, à Mortagne-au-Perche ?

- Mais, co...co...comment...comment, bégaya Dominique qui, sous le coup de la surprise et de l'émotion, sentit son cœur battre la chamade et perdit un instant l'usage de ses jambes. Jacques et Vincent durent la soutenir avant qu'elle ne tombe. Des larmes de joie coulèrent sur ses joues pâles. Louise tendit enfin les bras vers sa mère qui s'y jeta en riant, après coup.

- Explique-moi, je n'y comprends rien. Je t'ai parlé cet après-midi sur Messenger, tu étais à la Réunion, les cheveux mouillés après ta douche…

- Et non, maman. Je suis arrivée à 7h ce matin à Orly et Martin est venu me chercher à la gare de l'Aigle ce midi, avec Alice et les jumeaux. Je t'ai appelée de Mortagne, de chez Élise que tu connais !

- Et bien, ta surprise est réussie ! s'exclama Dominique, enfin remise de ses émotions.

- J'ai eu peur que ta mère nous lâche une soupape, dit en riant Jacques, viens embrasser ton père préféré !

- Et ton grand frère, ajouta Vincent qui n'était pas surpris des facéties de sa sœur qui adorait faire parler d'elle.

Leur chienne labrador de onze ans, qui avait déjà bien accueilli les deux frères à leur arrivée, fut elle aussi excitée de retrouver Louise. Shelby se tortillait énergiquement en gémissant et sautant, toute à la joie fidèle du chien retrouvant enfin sa jeune maîtresse.

Sur ces retrouvailles en fanfare, la famille finalement réunie au complet pour Noël, rentra les bras chargés de cadeaux et surtout de bonheur.

La fratrie déposa donc les paquets sous le sapin confectionné chaque année par la mère de famille, non loin de la crèche, blottie entre deux orchidées qui trônaient en pleine lumière sur le buffet.

Louise se rappela en la voyant, que ses frères et elle se battaient toujours les 25 décembre, pour être celui ou celle qui installerait le petit Jésus. Dominique avait alors négocié le placement de Joseph et Marie pour l'un, l'enfant béni pour l'autre et les rois mages pour le dernier et cela à tour de rôle, tous les ans.

- A quoi penses-tu Louise ? l'interrogea Jacques qui

suivit son regard.

- Je me demandais qui mettrait Jésus dans la crèche demain matin...

- Toi, Louise !! répondirent en chœur les deux frères.

Vincent rajouta :

- En l'honneur de ton retour !

Louise fut surprise de leur réaction. Il semblait en effet, qu'avec son absence, la rivalité des enfants qu'ils étaient, avait fait place à une complicité nouvelle. L'expression cocon familial commençait à prendre du sens dans son esprit.

La nuit de Noël

Les discussions pendant le repas furent abrégées par manque de temps : la messe n'attendrait pas. Louise s'installa donc peu après dans la Peugeot de Martin, suivie de Vincent et leurs parents, puis ils filèrent à l'église Notre-Dame. Une place de parking les attendait dans la ruelle aux Chevaux, à l'arrière de l'édifice de la paroisse sainte Céronne au Perche, reconstruite et agrandie après la guerre de cent ans, à l'emplacement de l'ancienne chapelle du fort de Toussaint.

La foule de paroissiens, chaudement vêtue, se pressait vers le portail nord de la porte des Comtes, au galbe flamboyant tronqué, offrant aux visiteurs de beaux vantaux sculptés. La famille de Louise au complet rejoignit le flot des fidèles et s'engouffra dans le bâtiment aux vitraux exceptionnels, dont les couleurs apportaient une touche de lumière à l'austérité de la pierre grise des murs.

Jacques et Dominique se signèrent les premiers avec de l'eau bénite, suivis de leurs enfants et petits-enfants. Louise s'agenouilla, porta la main à son front, puis à sa poitrine et enfin à son épaule gauche puis droite et leva la tête vers la magnifique voûte à pendentifs, si différente de celle de saint Denis de l'île de la Réunion.

Puis ils s'assirent, davantage par habitude que par discipline, sur une rangée de bancs, à droite de la nef. Le brouhaha qui régnait avant la célébration, ainsi que les déplacements des laïcs préparant les feuilles de chants avec la chorale, n'étaient pas encore propices au recueillement ; les gens se saluaient de la main ou s'envoyaient des sourires en attendant de pouvoir se retrouver à la sortie.

Les cloches sonnèrent à 21h, le son de l'orgue et les voix des choristes se firent entendre et, tel un signal de départ, le silence des ouailles se fit. Le prêtre, vêtu de son aube blanche et d'une étole dorée, couleur de la lumière précieuse et de la royauté du Christ, s'avança du haut de l'église, suivi d'une dizaine d'enfants de chœur, entre sept et quinze ans, rangés par ordre de taille, rendant ainsi harmonieuse leur entrée.

Louise se réjouit de constater que le célébrant était le père Pierrick, un ami, ancien chef scout de son frère Vincent, affecté au diocèse de Sées depuis son ordination. Après le chant d'entrée, les prières rituelles, la première lecture, le psaume et l'Évangile de ce jour solennel, le jeune consacré entama son homélie depuis le haut de la chaire noire en bois.

- Chers frères et sœurs, en cette veillée de Noël, je vais tout d'abord vous raconter une petite histoire vraie, que je tiens d'un confrère congolais. Cela se passe en Afrique : un taximan ramasse, à la fin de la journée, un petit sac pour dame dans son véhicule. Il n'en parle à personne, même pas à sa femme. Il veut s'approprier le contenu du sac, 900 euros, parce que, se dit-il, c'est une manne tombée du ciel. Mais, comme c'est la veille des fêtes de fin d'année, il va assister à la vigile de Noël et le prêtre, dans sa prédication, enseigne que Noël est la fête des « coups d'états spirituels » où le chrétien est appelé à chasser les ténèbres de sa vie en posant de bons actes.

Interpellé du fond du cœur, le taximan part vite à la recherche de la propriétaire du sac, une dame d'une haute classe. Le mari de la femme, patron d'une grande société de télécommunication, touché par le geste de ce chauffeur, propose de l'engager dans son entreprise pour un salaire de 1800€ par mois, en guise de récompense pour son honnêteté…

Alors, ce taximan comprend que quand l'homme chasse de sa vie tout esprit de profit malhonnête, tout acte de ténèbres… Dieu combat pour lui… et lui ouvre la voie des bénédictions...

Pierrick fit une pause, afin que son récit pénètre bien l'esprit de son auditoire, puis il reprit :

- Bref, chers frères et sœurs, faire des coups d'états spirituels dans la vie, à l'exemple du taximan, c'est l'invitation, le cri que lance la fête de Noël à tout chrétien : remplacer le mal par le bien, même si cela doit me coûter ! Si ton œil ou ton bras te conduit au péché, coupe-le ou arrache-le, disait Jésus.

Quand les messagers de Dieu pour notre temps, nos parents, amis, frères et sœurs, voisins, éducateurs ou prêtres nous font voir le mal qui nous ronge et nous habite, avons-nous la sagesse de les écouter, de recevoir leur parole et de faire l'effort d'extirper de nous ces ténèbres destructrices ? Une sagesse africaine dit : Quand les ténèbres viennent te tenir compagnie, même une petite tige allumée les fera fuir. Tel est le coup d'état de Dieu ! Amen !

Le prêtre retourna s'asseoir un moment, tandis que l'organiste lançait un petit air de musique transitoire, permettant ainsi à chacun de prendre un instant de réflexion.

Louise, la première, fut interpellée par ces paroles qui lui rappelèrent ses rencontres à la Réunion et surtout celle vécue à son retour de l'aéroport d'Orly : la jeune Bretonne, qui avait pris par erreur la valise d'un homme, avait ensuite essayé de montrer à ce dernier le mal qui le rongeait, la colère ! L'avait-il écoutée ? Avait-il pu prendre conscience qu'il avait en face de lui une lumière, si petite soit-elle, qui voulait l'éclairer, afin de chasser les ténèbres de son cœur ?

Et l'exemple de ce jeune homme, Jean, qui spontanément avait apporté son aide à Alexandre, le voyageur blessé en fauteuil roulant. Devant l'inaction de l'employé de l'aéroport qui n'avait pas pris l'initiative de lui rendre service, Jean avait été la lumière ; tout comme ce patron d'une grande société de télécommunication envers le chauffeur de taxi, qui avait éclairé une journée dans la vie d'un homme.

Rendre service, prendre soin des autres, c'est ça que

je veux faire en devenant infirmière ! pensa Louise, le cœur empli de joie ! La messe se poursuivit sur un sentiment de paix en ce jour solennel et se termina par un chant bien connu toujours aussi émouvant et si bien chanté par la chorale :

Douce nuit, sainte nuit
Dans les cieux l'astre luit.
Le mystère annoncé s'accomplit
Cet enfant dans la paille endormi
C'est l'amour infini.

La nuit et surtout le vent glacial qui accueillirent la famille de Louise, à la sortie de l'église, ne leur laissèrent pas d'autre choix que de rentrer aussitôt à la maison pour se réchauffer avec une boisson chaude pour tous. Ce fut également le moment de l'ouverture des cadeaux qui attendaient sous le sapin. A la plus grande joie des jumeaux, mais aussi des adultes qui appréciaient toujours autant ces moments excitants. Cela rappela à Louise la fébrilité perdue de son enfance, à chaque Noël, lorsque ses frères et elle descendaient les escaliers en courant, pour être le premier arrivé devant ses paquets.

Ce soir, une nouvelle complicité avait pris place dans la fratrie. Louise s'en réjouissait intérieurement.

Le 25 décembre

Malgré l'heure tardive du coucher de la veille, la mère de Louise se leva de bonne heure pour répondre à l'appel quotidien de l'estomac, réglé comme une horloge, de leur chienne labrador qui réclamait ses croquettes.
Son époux descendit de la chambre parentale et rejoignit Dominique dans l'espace cuisine :
- J'imagine que ta nuit a été remplie de rêves agréables après la surprise de ta fille ? lui demanda-t-il en baillant encore.
- En effet ! Elle nous a bien dupé, en tout cas, j'ai bien cru défaillir en la voyant surgir du coffre de la voiture, répondit-elle. Mais laissons-la dormir, elle a besoin de récupérer.

Le repas, plus festif que le soir précédent, servit aussi de petit-déjeuner aux jeunes qui émergèrent enfin, quatre heures après leurs parents. Et ce fut un moment de grandes discussions puisque la journée entière leur appartenait.

Ils commencèrent par déguster divers petits fours chauds, accompagnés d'un rhum arrangé à la vanille Bourbon de la Réunion, 100% artisanal, que Louise avait offert à son père, amateur de bons alcools. La première gorgée révélant un somptueux goût de caramel, enveloppant ainsi le palais de Jacques de douceur, lui arracha un sourire jusqu'aux oreilles.

- Excellent choix, ma fille ! Je me régale, merci ! s'exclama-t-il.

- Je me doutais bien qu'il te plairait, rétorqua Louise.

Dominique y trempa seulement les lèvres afin de se réserver pour le vin blanc liquoreux que Vincent lui avait apporté sous le sapin.

L'ambiance était donc joyeuse lorsqu'ils arrivèrent au plat principal : un chapon d'un élevage local, accompagné de marrons en sauce et de haricots verts. Un véritable festin pour Louise après quatre mois de « régime » au riz réunionnais. Chacun parla tout d'abord de son travail : Jacques et Dominique étaient toujours heureux d'exercer la médecine auprès de patients qu'ils connaissaient maintenant depuis de nombreuses années, malgré la difficulté à trouver des remplaçants pour leur congés annuels. Ils ne rajeunissaient pas et espéraient un peu de repos de temps en temps.

Martin se plaisait bien à Laval, au sein de sa concession Peugeot, où il était apprécié pour son bon esprit et son professionnalisme, aussi bien auprès de ses collaborateurs que de sa clientèle. Alice, professeur des écoles, profitait des vacances de Noël avec ses enfants. Vincent, quant à lui, aimait toujours autant son métier de charpentier, mais il commençait à souffrir sérieusement de la chaleur sur les toits bordelais et il ne s'éterniserait pas dans cette région. Sa vie sentimentale était quant à elle incertaine. Il n'avait toujours pas trouver son âme-sœur. Mais ne désespérait pas...

Louise, enfin, après avoir obtenu une licence en commerce et management, travaillait avant son départ précipité pour la Réunion en tant que commerciale chez un fournisseur de matériel médical à Alençon, non loin de Mortagne. Elle s'était vite rendu compte que cette profession ne l'épanouissait pas, malgré la bonne relation qu'elle entretenait avec sa supérieure hiérarchique, Valérie Portais. Sa rupture sentimentale brutale avec son compagnon de l'époque, Fabien, avait été le coup fatal, responsable à ce moment-là, d'une grosse déprime. S'en était suivi un arrêt maladie qu'elle avait passé chez ses parents. Cette période avait été bénéfique pour Louise et sa mère, dont la relation n'avait pas toujours été facile. De longues sorties quotidiennes avec Shelby leur avaient permis de parler de tout et de rien, mais également d'entretenir des discussions plus profondes qui contribuaient à panser quelques blessures restantes dans le cœur des deux femmes.

Quand Louise avait décidé de quitter la métropole pour une île si lointaine, Jacques et Dominique s'étaient réjouis d'un nouveau départ pour leur fille, mais ils s'étaient également inquiétés de la laisser entreprendre seule ce voyage, elle était encore fragile. Ils étaient donc très surpris de la retrouver si épanouie à son retour : elle avait réussi à lâcher prise et à ouvrir son cœur pour y accueillir à nouveau de la tendresse venue du ciel ! Au milieu de ses faiblesses et de sa détresse, elle ne semblait plus avoir peur de vivre ! Elle leur confirma d'ailleurs son projet, décidé à la Réunion, de devenir infirmière. En effet, après avoir participé au sauvetage de son amie Marie, dans le cirque de Mafate, à l'aide de son ami médecin, Jean-Lou, Louise avait ressenti un appel très fort. Prendre soin ainsi des plus faibles l'attirait fortement. Nul doute que ses parents la soutiendraient dans sa nouvelle aventure professionnelle.

Puis Jacques, le père de cette tribu réunie en ce 25 décembre, se mit en devoir de couper la bûche pâtissière traditionnelle au chocolat, clôturant ainsi ce repas festif. Avant la dégustation, il leva sa coupe de champagne, grand cru, réservé aux grandes occasions, et trinqua en direction de sa famille :

- Joyeux Noël à tous ! Je rends grâce pour cette magnifique journée et nos retrouvailles ! Et il fit tinter son verre sur celui de chacun : santé et bonheur !

- Santé et bonheur ! reprirent-ils tous en chœur.

Pendant que les garçons aidaient leur mère à débarrasser la table, une fois n'est pas coutume, Jacques se leva et proposa à sa fille de téléphoner elle-même à ses grands-parents manchots, afin de leur souhaiter un joyeux Noël. La jeune femme ne se fit pas prier à l'idée de renouveler l'effet de surprise due à son retour, auprès de ses aïeuls. A cette heure-ci, ils étaient certainement encore à table avec ses oncles et tantes…

- Allô, mamie ! C'est moi, Louise ! Joyeux Noël ! s'exclama-t-elle.

- Ah, Louise, répondit Juliette, je suis si heureuse de t'entendre aujourd'hui. C'est le premier Noël sans toi, quand est-ce que tu penses ren…

- Demain ! l'interrompit-elle. Je crois bien que tu peux préparer mon flan préféré à la noix de coco pour demain midi.

- Comment ça, pour demain ? C'est impossible, voyons.

- Si, si… fais-moi confiance.

- Je ne te suis pas. Viens, Denis, écoute ta petite-fille, mon appareil auditif fait encore des siennes, je ne suis pas sûre d'avoir bien entendu…

- Allô, Louise, reprit Denis, son grand-père, ta grand-mère est perdue. Explique-moi ce qui se passe.

- En fait, papi, je suis rentrée hier en Normandie. Seul Martin était au courant, confirma-t-elle.

- Ah, je comprends maintenant. Tu ne pouvais pas nous faire plus plaisir. Nous vous attendons donc tous demain, conclut Denis, qui n'avait jamais été bavard au téléphone.

- A demain, papi ! Embrasse mamie pour moi. Bisou !

La famille au complet sortit vers 16h30 pour une balade digestive avant la nuit, avec Shelby qui réclamait aussi de prendre l'air. Ce fut l'occasion pour Louise de retrouver véritablement la fraîcheur de la métropole en cette fin d'année. Encapuchonnée dans sa doudoune qui était restée au placard en Normandie, à nouveau en jeans, elle n'avait pas résisté à l'idée de porter ses chaussures de randonnée, celles-là même qui avaient foulé tant de fois la terre réunionnaise.

Ils empruntèrent un chemin bordé de haies de noisetiers, d'aubépines sauvages et de quelques sureaux effeuillés en ce mois de décembre. Ce paysage d'arbres dénudés était entouré de prairies d'herbe verte qui ne ressemblait en rien aux étendues de végétation luxuriante de l'île intense. Louise allait devoir se réacclimater à sa région natale.

Le 26 décembre

Le lendemain matin, de bonne heure, après le petit-déjeuner, chaque membre de la famille se pomponna avant de prendre la route pour Parigny, une petite commune attenante à Saint-Hilaire-du-Harcouët, dans la Manche et retrouver les grands-parents paternels de Louise, pour un nouveau repas de Noël.

La jeune femme reprit alors sa petite 206 Peugeot bleu métal, entreposée depuis quatre mois dans le garage de la maison familiale, dénichée d'occasion par son frère Martin, pour les suivre.

Deux heures de route, jalonnée de champs verdoyants, de pommiers et de poiriers, furent nécessaires pour atteindre le village dans le bocage manchois où vivaient Denis et Juliette depuis cinquante ans déjà. La bâtisse blanche des années 1970, au toit d'ardoises ocres et au jardin bien entretenu par l'homme de la maison, apparut enfin au sommet de la côte principale du bourg normand. Les trois véhicules se garèrent sur les places de parking, prévues à cet effet, sur le large trottoir devant la propriété.

Après avoir mis le couvert dans la salle, Denis attendait sagement dans son fauteuil, devant la télévision. Juliette s'affairait, quant à elle, aux derniers préparatifs du repas festif qui s'annonçait. La famille attendue sonna brièvement à la porte, histoire de prévenir de son arrivée, et entra. Mamie ne prit même pas la peine d'ôter son tablier de cuisine pour accueillir ses invités, suivie de Denis et les embrasser. Juliette et Louise, quant à elles, s'étreignirent longuement ; une larme glissa lentement sur la joue de la grand-mère qui laissa ainsi s'échapper un trop-plein d'émotions.

- Ma Louisie ! lâcha enfin Juliette, quelle joie de te retrouver, tu nous as tant manqué à ton grand-père et à moi !

De nature pessimiste, Juliette à 82 ans avait été, pendant l'absence de sa petite fille, dans un double état d'esprit : elle craignait que Louise ait un accident ou un autre malheur, mais surtout, lorsqu'elle lisait la rubrique des avis de décès, dans la Gazette, à la recherche des personnes de sa génération, elle avait bien conscience qu'elle-même pouvait être rappelée à Dieu, avant d'avoir revu sa petite Louisie, si loin d'elle.

À 24 ans, la jeune femme croquait, quant à elle, la vie à pleine dents et n'avait pas le même souci de l'existence que sa grand-mère.

- Bonjour mamie et joyeux Noël ! Tu vois bien que je suis rentrée en un seul morceau, s'exclama-t-elle, en lui essuyant la joue.

Papi Denis, un rien pudique, abrégea l'instant en invitant ce petit monde à entrer dans le salon afin d'y prendre l'apéritif. Ils profitèrent de ce moment pour échanger leurs cadeaux de Noël, puis ils passèrent à table où la vie des enfants fut passée en revue. Bien entendu, le voyage de Louise occupa la place principale des discussions.

Après la bûche glacée et le café, la traditionnelle balade entre femmes eut lieu au plan d'eau de Saint-Hilaire, tandis que les hommes des trois générations occupèrent les canapés pour rester discuter avec Denis qui avait du mal à se déplacer à cause d'une douleur à la hanche.

La fin d'après-midi se termina par le visionnage d'une sélection de photos du voyage de Louise, sur son ordinateur portable. Martin, Vincent et leurs parents reprirent enfin la route après cette journée, sans la jeune femme qui avait décidé de squatter l'ancienne chambre de son père, à l'étage, pour quelques jours, à la plus grande joie de ses grands-parents.

Dimanche 27 décembre

Ce dimanche matin, Louise se prépara tout naturellement à accompagner Denis et Juliette à la messe. C'était la troisième fois qu'elle assistait à un office en à peine une semaine ! C'est alors qu'en entrant dans l'église du village, elle réalisa soudain qu'elle portait le nom de Notre-Dame de Parigny, que la cathédrale de Saint-Denis à la Réunion possédait le même vocable, ainsi que celle de Mortagne-au-Perche. Quelle coïncidence ! Décidément, ses pas la guidaient souvent vers Notre Dame !

Elle aimait particulièrement y pénétrer et admirer, pendant la célébration, les vitraux des quatre évangélistes, Marc, Luc, Jean et Mathieu, situés au-dessus de l'autel où six grands chandeliers entouraient le tabernacle. Les murs, peints en blanc, faisaient ressortir les moulures en bois noir et doré dans le chœur, ainsi que la magnifique voûte du 16e siècle.

La messe terminée, les paroissiens se pressèrent vers la sortie où les attendait le prêtre pour les saluer. Du haut des marches, Louise aperçut, dans l'allée centrale du cimetière qui entourait l'édifice religieux, doté d'un clocher en bâtière, un style architectural très répandu en Basse-Normandie, son amie, sœur Marie-Paule, religieuse retraitée, toujours munie de sa besace en daim, ce qui rappela à Louise sa promesse.

En effet, quatre mois plus tôt, la vieille dame lui avait confié une mission : celle de rendre une petite pochette en feutrine rouge, garnie d'un chapelet, à une sœur consacrée de l'île de la Réunion, sans lui indiquer l'adresse de cette dernière ni comment la trouver.

Malgré le peu de renseignements, le destin avait permis aux deux femmes de se rencontrer au milieu de nulle part, en pleine nature, à 830 mètres d'altitude, à l'Ilet à Malheur, un petit hameau au nord du cirque naturel de Mafate. Louise se dirigea vers sœur Marie-Paule, suivie de ses grands-parents.

- Bonjour, ma sœur !

- Ah, Louisie, répondit-elle, il me semblait bien t'avoir aperçue. Comment vas-tu ? Et ce voyage ? Dis-moi tout !

- Je vais mieux que jamais. Le dépaysement a été total : ce soleil en plein mois de décembre ! La végétation est si différente et les paysages grandioses...Sans parler de la population si hétéroclite. Mon expérience m'a requinquée et je suis maintenant prête pour une nouvelle vie !

- Heureuse de te l'entendre dire ! Tu sais, ta grand-mère me donnait régulièrement de tes nouvelles.

- Je n'en doute pas, répondit Louise, en faisant un clin d'œil à Denis et à Juliette.

- As-tu pensé à ma requête ? demanda sœur Marie-Paule.

- Oui, bien sûr, rétorqua la jeune femme, en sortant

de son sac un carnet de chants et de prières qu'elle remit à son interlocutrice.

- Merci, Louisie ! Il suffit de s'abandonner et faire confiance à Dieu pour qu'il réponde ainsi à nos prières, lorsque cela est bon pour nous, bien sûr. As-tu bien saisi, Louisie ?

- Oh oui, je comprends vos paroles maintenant. Jamais je n'aurai pu imaginer un seul instant pouvoir vous rendre ce service avec aussi peu d'informations. Les circonstances dans lesquelles j'ai trouvé sœur Catherine étaient inattendues !

- N'hésite pas à suivre les petites lumières sur ton chemin pour avancer, j'y suis moi-même attentive.

- Je pense que je les ai déjà expérimentées tout au long de mon voyage.

- Très bien… et as-tu trouvé ta voie ?

- Oui, j'ai décidé de devenir infirmière !

- C'est un changement radical ! Je te souhaite de réussir, je crois que tu es faite pour ce métier. Je prierai pour toi, Louise.

- Merci, ma sœur.

- Je te laisse, je suis attendue chez monsieur et madame Pilorge à midi. Prends bien soin de toi, ma fille !

- Je vous donnerai des nouvelles par l'intermédiaire de mamie, comme d'habitude. À bientôt !

Sœur Marie-Paule

Malgré le froid hivernal, la grisaille et les journées courtes, la semaine en famille fit presque oublier à Denis et à Juliette les soucis de santé dus à leur grand âge. Louise décida de s'éclipser le temps d'un après-midi pour rendre visite à son amie religieuse et essayer de résoudre un mystère. En effet, elle voulait comprendre comment sœur Marie-Paule était convaincue, avant même qu'elle ne parte à la Réunion, que la mission qu'elle lui avait confiée allait aboutir.

La jeune femme se rendit donc à Saint-Hilaire dans la petite maison qui abritait une communauté de quatre sœurs consacrées, non loin du centre-ville.

Elle fut accueillie aussi chaleureusement que lorsqu'elle venait leur rendre visite avec sa grand-mère, pendant les vacances scolaires.

- Entre, entre, Louise, déclara sœur Jeanne, heureuse de la retrouver. Marie-Paule t'attend dans le salon. Comment vas-tu ?

- Très bien, assura son invitée, et vous ?

- Ma foi, je me porte plutôt bien, vu mon âge… Viens, suis-moi.

Après avoir frappé à la porte, Jeanne l'ouvrit et

s'écarta afin de laisser Louise entrer.

\- A tout à l'heure, mesdames, et n'hésitez pas à m'appeler si vous avez besoin de quelque chose…

\- Merci beaucoup, répondit Louise qui s'approcha de son amie pour la saluer également.

\- Bonjour sœur Marie-Paule, je suis contente de passer vous voir…

\- Moi aussi, ta visite me fait plaisir. Mais, assieds-toi, je t'en prie.

\- Merci, il y a longtemps que je n'étais pas venue chez vous.

\- C'est vrai, le temps passe vite et surtout, tu es indépendante maintenant, tu dois mener ta propre vie.

\- C'est ça et comme je vous l'ai annoncé dimanche dernier, après mes études dans le commerce je souhaite maintenant devenir infirmière.

\- Il n'est jamais trop tard pour trouver sa véritable voie, je te souhaite de t'y épanouir…

\- Oui, je l'espère aussi, merci, rétorqua Louise en regardant un cadre posé parmi d'autres sur la cheminée. C'est bien vous sur la photo, là ?

Marie-Paule se leva pour prendre l'image un peu ternie par le temps, retourna sur son fauteuil, fit une pause, comme si elle revivait l'instant immortalisé, esquissa un sourire et déclara :

\- Oui, c'est moi, j'avais alors vingt-huit ans lorsque je suis entrée dans les ordres. J'en ai aujourd'hui soixante-treize… et, tout comme toi, j'ai changé de cap après avoir commencé des études d'institutrice.

- Ah, oui ? Je ne le savais pas. Et n'avez-vous jamais regretté votre décision ?

- Non, même si j'ai parfois traversé des déserts spirituels, je n'ai jamais renoncé à mon choix. Tu sais, Louise, c'est surtout dans ces moments de difficultés ou de douleurs que j'ai fait l'expérience de l'humilité.

- C'est un peu ce que j'ai vécu avant de partir en voyage, compara la jeune femme.

- Oui, tu étais prête à recevoir l'Esprit Saint…

- Comment ça ? demanda Louise, interpellée par la réplique de la religieuse.

- Lorsque tu as décidé de tout quitter, j'ai pensé que le moment était choisi pour que tu découvres toi aussi cet esprit d'abandon qui peut mener loin et surtout là où l'on ne s'y attend pas. Je t'ai donc envoyée en mission à l'aveugle, avec pour seule information le prénom de la sœur à qui appartenait le chapelet que je t'avais donné. Et puis, je t'ai confiée au Ciel.

- Tout simplement ?

- Tout simplement, oui !

- Je vous avoue que vous m'intriguez. Vous semblez si sûre de vous…

- Oui, maintenant, mais il m'a fallu cheminer longtemps avant de placer ma confiance totale en Dieu en passant par l'Esprit Saint. Au début de ma vocation, j'ai commencé par mettre Dieu en premier dans ma vie et plus exactement devant ma vie.

- Et ? demanda Louise, le regard pendu aux lèvres de Marie-Paule.

- Puis j'ai vécu une période d'attente, d'écoute et enfin d'accueil des œuvres de l'Esprit. Enfin, il m'a fallu attendre son inspiration et, chose un peu déroutante au début, j'ai dû apprendre à le laisser décider de parler quand il le voulait et comme il le voulait à mon âme. C'est à ce moment que je me suis totalement abandonnée avec confiance : l'Esprit Saint m'a donné sa propre audace pour accomplir ma mission de religieuse qui aurait dépassé mes seules forces. Je n'aurais même pas imaginé comment l'exercer par moi-même. Sans lui, je risquais de m'installer dans une vie d'apôtre léthargique, sans rayonnement !

- Si je comprends bien, vous m'avez envoyé l'Esprit pour me guider dans l'île de la Réunion ?

- C'est ça, afin que toi aussi, tu expérimentes l'abandon et que tu réalises le sens des petites lumières sur ta route.

- Je pense les avoir découvertes…

- Mais attention, Louise, il faut renouveler chaque jour sa prière à l'Esprit pour nous laisser guider prudemment par lui.

- Je vais essayer.

- Et tu verras que tu as tout à gagner à entrer dans cette écoute, car non seulement il inspirera réellement ta vie mais tu constateras que son action portera des fruits.

- Et cela que nous soyons laïcs ou consacrés, j'imagine ?

- Oui, bien sûr, Dieu s'adresse à tous ses enfants.

- Je vous remercie beaucoup pour ce magnifique témoignage et votre aide, sœur Marie-Paule. J'ai apprécié d'avoir une discussion profonde avec vous, c'est une chose inhabituelle pour moi. Et bien, je vais vous quitter maintenant, je ne manquerai pas de vous faire parvenir de mes nouvelles, je pars en Bretagne dans trois jours rendre visite à ma meilleure amie et préparer mon avenir.

- C'est gentil de ta part, en tout cas, si tu as besoin de parler, je serais toujours à ton écoute. Mes amitiés à tes grands-parents !

La Bretagne

Comme Louise l'avait prévu, le samedi suivant, elle quitta la région manchoise pour la Bretagne, où vivait désormais sa meilleure amie, Rosie, elle aussi d'origine normande. Les deux copines avaient partagé de très bons moments et, comme il se doit, les mauvais passages de leur vie aussi. Chacune d'entre elles avait su bien rebondir. Louise allait la rejoindre chez elle, à Combourg, non loin de la cité malouine. Rosie travaillait dans une crêperie, en plein centre, où elle désirait se perfectionner dans la confection des galettes pour ouvrir un jour son propre restaurant.

Deux heures plus tard, Louise se gara, grâce aux indications précieuses de son GPS, devant une petite maison en granit que Rosie louait avec son nouveau compagnon, Thomas, un peu à l'écart du bourg.

C'est avec de chaleureuses effusions que Rosie reçut sur son cœur sa meilleure amie qui pleura de joie en la voyant. Deux larmes coulèrent comme des perles des yeux rieurs de Louise, vers sa bouche qui souriait.
- Louise, tu m'as tellement manqué ! J'ai l'impression que tu es partie depuis des siècles ! s'exclama Rosie.

- J'espère que je n'ai pas vieilli d'autant ! plaisanta Louise.

- Entre donc, ne reste pas dehors avec ce froid ! En tout cas, tu as meilleure mine que nous.

Louise pénétra dans l'antre de son amie, qu'elle fut surprise de découvrir aussi bien agencé et surtout chaleureux. La pièce de vie principale comprenait d'un côté une ancienne cuisine en chêne cérusé, remise au goût du jour grâce à des poignées de porte modernes. Y trônaient quelques cactées, d'un entretien minime, des bocaux remplis de plantes aromatiques et, bien sûr, scotchées sur le frigo, des photos des deux amies et du nouveau couple qui s'était formé pendant l'absence de Louise : Thomas et Rosie. Un plan de travail, faisant également office de bar, séparait le coin cuisine de la grande salle, où trônait une imposante table, sur laquelle étaient disposée une déco de galets bien ronds, quelques branches de bois flotté et des coquillages peints en bleu ou blanc. Celle-ci était entourée de six chaises du même style breton que le buffet. Sur les murs, en pierre apparente pour l'un d'entre eux, étaient fixées quelques guirlandes, lumineuses à l'occasion.

Les deux jeunes femmes s'installèrent sur les chaises de bar afin de partager et une boisson chaude et leurs vies respectives.

- Voilà donc le fameux Thomas ? demanda Louise en désignant les photos sur le frigo.

- Et oui. Il est complètement différent de mon ex et

le courant passe très bien entre nous. Nous parlons beaucoup afin de nous découvrir et surtout, lorsque quelque chose ne va pas, nous n'attendons pas pour trouver ensemble une solution.

- Formidable ! Je suis si heureuse que tu aies retrouvé l'amour.

- Merci, et toi ? Toujours célibataire ou as-tu ramené un amoureux dans ta valise ?

- Rien, nada, nothing ! En fait, je n'ai pas vraiment cherché. J'étais très occupée à la Réunion où j'ai rencontré beaucoup de gens différents mais il s'agissait plutôt d'amitié, de fraternité…je laisse désormais ma vie aux mains du destin en prenant soin de ne pas me brûler les ailes, en amour surtout. J'ai d'ailleurs expérimenté à plusieurs reprises des moments surprenants, où je semblais être guidée sur le bon chemin lorsque cela était nécessaire. En partant, par exemple, à la recherche de mon amie Marie, avec Jean-Lou dans le cirque de Mafate, on aurait dit qu'une chaîne humaine d'entraide s'était formée au fur et à mesure de nos recherches. Nous avancions vers Marie, tout en nous trouvant sur la route de personnes qui elles-mêmes avaient besoin d'aide. Mon ami, Jean-Lou, a ainsi sauvé la vie d'un jeune garçon à la limite de la péritonite dans un village perdu en altitude. C'est d'ailleurs à ce moment-là que l'ai commencé à trouver ma voie, je te l'annonce officiellement, je vais reprendre des études d'infirmière !

- Ouah ! Mais c'est génial ! Finalement, quand on y repense, après notre descente en enfer, les choses s'arrangent plus qu'on ne l'aurait imaginé. Il faut bien avouer que parfois tomber au fond du trou et se battre pour en sortir, nous renforce ! Maintenant j'ai compris que si mes projets n'aboutissent pas, j'accepte la situation et je n'insiste plus. C'est que cela ne doit pas être bon pour moi. Autre chose de mieux m'attend ailleurs !

Rosie but le fond de sa tasse de café et reprit :

- En fait, si mon ex ne m'avait pas quittée, jamais je n'aurais rencontré l'homme de ma vie. Et jamais, je n'aurais projeté de me perfectionner en cuisine afin d'ouvrir mon propre restaurant plus tard ! Je ne peux pas être plus épanouie qu'aujourd'hui.

- Et bien, nous nous sommes quittées pour nous retrouver plus heureuses que jamais ! Que penses-tu de fêter ça ? demanda Louise.

- Excellente idée, rétorqua Rosie en faisant tinter sa tasse sur celle de son amie.

Les échanges sur leurs vie respectives furent interrompues par l'arrivée tardive de Thomas, le compagnon de Rosie.

- Bonsoir, les filles ! s'exclama le jeune homme brun, d'une trentaine d'années, aux magnifiques yeux bleus, le visage rieur, vêtu d'un ensemble de sport. Il posa son sac à dos dans l'entrée et se dirigea vers la cuisine où il embrassa Rosie tendrement et salua la nouvelle venue :

- Enchanté, Louise ! Je suis Thomas, comme tu dois bien l'imaginer. L'homme à tout faire de la maison…

- Enchantée, Thomas ! Comme tu dois bien le deviner aussi, répondit Louise avec un clin d'œil, j'ai beaucoup entendu parler de toi et je suis ravie de te connaître enfin !

- Merci. Je rentre de la salle de sport tard, mais j'ai préféré vous laisser un moment seules pour vous retrouver tranquillement…

- Quand je te dis que Thomas est un amour, répondit Rosie avec un regard langoureux.

- Je vois ça... je vois ça, ajouta Louise d'un air taquin.

- Passons à table, je meurs de faim ! Pas vous ? demanda Rosie.

- Si, si ! s'exclamèrent-ils en chœur.

Tout en installant les couverts sur la table de la salle, Louise interrogea Thomas :

- Tu es kiné, c'est ça ?

- Oui, je pratique à Rennes. Plus exactement dans le service de médecine physique et rééducation de l'hôpital de Pontchaillou.

- Et vous réussissez à passer du temps ensemble ? Vous avez des professions tellement différentes...

- Bien sûr ! Nous nous sommes organisés : j'ai accepté de travailler tous les samedis, comme Rosie, et nous avons les mêmes jours de congé en semaine. Quant aux soirées, je les passe à la salle de sport en hiver et footing le reste de l'année.

Rosie les interrompit en apportant trois grandes assiettes en grès, garnies de galettes de sarrasin et de quelques feuilles de mâche.

- Voilà ! Régalez-vous et bon appétit !

- Merci, ma chérie, répondit avec un large sourire Thomas qui semblait apprécier sa cuisine.

- Merci, Rosie ! Tu me gâtes, j'apprécie d'autant plus

que je n'ai pas mangé breton depuis longtemps.

- Le tout arrosé d'une bolée de cidre local. Je te sers, Louise ? demanda Thomas.

- Bien sûr, merci…et vous vous êtes rencontrés à un Fest-Noz, c'est bien ça ? questionna Louise, curieuse d'en savoir davantage.

- Oui, à Saint-Malo, il y a environ quatre mois, expliqua Thomas. En fait, nous avons des amis communs amateurs de danses bretonnes qui nous ont invités chacun de leur côté. Nous nous sommes retrouvés partenaires par hasard et avons décidé d'échanger nos 06 à la fin de la journée.

- Le courant est passé tout de suite, ajouta Rosie avec un large sourire. Nous avons discuté énormément.

Thomas, désireux de changer de sujet, interrogea Louise :

- As-tu déjà participé à un fest-noz ?

- Je dois avouer que non.

- Et bien, le mois prochain, des groupes folkloriques se réunissent pour un festival à Rennes. Nous y allons, seras-tu encore des nôtres ?

- Si Rosie ne me met pas à la porte avant, ce sera avec plaisir. J'ai appris à danser la bachata lors de mon séjour à la Réunion et je suis plus à l'aise maintenant pour danser.

- Tu peux rester aussi longtemps que tu veux, rajouta Rosie. Puis s'adressant à Thomas : Louise m'a fait part de son désir de changer de voie professionnelle et de reprendre des études d'infirmière. Crois-tu pouvoir la renseigner ?

Louise rajouta :

- Mes parents m'ont un peu éclairée sur le métier, mais pas sur les études…

- Aucun problème. D'ailleurs, je pourrais t'arranger une rencontre avec des collègues et amis de Pontchaillou pour en discuter.

- Parfait ! Merci à tous les deux, termina Louise.

Il se faisait tard après ce repas amical. Rosie aida Louise à s'installer dans une chambre, servant également de bureau, lui souhaita une bonne nuit et rejoignit Thomas.

Bastien

La semaine suivante fut plus calme, après les fêtes de fin d'année et ces multiples retrouvailles. Louise en profita pour se reposer, en alternant balades en bord de mer, sorties en forêt et découverte du patrimoine breton, en compagnie de ses amis ou parfois seule.

Bien que résidant à Combourg, Louise ne put admirer son château qui fut d'abord une forteresse au XIIe siècle, puis acquis par le père de Chateaubriand en 1771, que de l'extérieur, puisqu'en janvier la saison des visites n'était pas commencée.

Par contre, visiter Saint-Malo en hiver, dressé comme un vaisseau de granit au-dessus de son port et de ses plages, offrait quelques avantages non négligeables : aucun problème de stationnement et pas de foule envahissante. Louise s'y rendit à l'heure de la marée haute, pénétra par l'entrée principale de la vieille ville, la porte Saint-Vincent et longea les remparts ponctués de tours des XIVe et XVe siècle, de courtines et de bastions des siècles suivants, sur deux kilomètres, jusqu'à la porte Saint-Thomas.

Le spectacle de la mer entourant les murs d'enceintes était saisissant. L'air marin la vivifia, puis elle plongea droit dans le cœur de la cité malouine où elle déambula un moment, en plein Moyen-Âge, entre les belles demeures des armateurs et des riches corsaires. Puis elle traversa la place Chateaubriand avant de se poser un instant au bar de l'Univers afin de se réchauffer avec un café.

Une fois revigorée, Louise sortit son appareil photo qu'elle emportait partout, afin d'immortaliser en noir et blanc les nombreux détails de l'architecture bretonne, dans les ruelles, à l'abri du vent. Elle adorait, en effet, réaliser des albums personnalisés pour ensuite les partager et revivre ainsi ces moments de découverte. Le numérique lui permettait d'étendre sa passion pour les images à l'infini.

Un autre jour, elle invita Rosie et Thomas à passer une journée froide et pluvieuse au grand aquarium, non loin de la ville corsaire. Dans cet imposant complexe, situé à la Ville-Jouan, ils découvrirent le monde marin à travers de nombreuses galeries et bassins où étaient répertoriés environ six cents espèces des mers froides ou chaudes. Louise était fière de pouvoir reconnaître les poissons avec lesquels elle avait évolué en snorkeling en compagnie de son amie Marie, à la Réunion. Cette fois-ci, elle ne s'improvisa pas reporter photo, préférant admirer avec ses amis la nature prisonnière dans son élément factice, comme elle la définissait ici.

Puis elle mit à profit ses moments de solitude pour planifier l'année qui débutait. Tout d'abord, elle devait rapidement s'inscrire dans une école d'infirmière et trouver un logement. Elle profita également de l'aide que Thomas lui avait proposée. Il lui présenta donc deux semaines plus tard, un ami élève-infirmier à Rennes ainsi qu'une collègue diplômée depuis vingt-huit ans. Le jeune homme lui avait donné rendez-vous sur la place Sainte Anne, non loin d'un café où ils se rendirent rapidement, en raison d'une forte pluie. Au fond de la salle de ce bar branché, à l'ambiance joyeuse au vu des nombreux étudiants attablés autour d'une bière, attendaient deux personnes.

Une femme, la cinquantaine environ, aux cheveux bruns, coupés à la garçonne, les yeux marrons, féminine plutôt que coquette, se leva en voyant Thomas et Louise :

- Bonjour à tous les deux, je suis Sophie, enchantée, commença-t-elle d'un ton assuré. Tu dois être Louise. Ravie de faire ta connaissance. Je te présente Bastien que je forme en ce moment à Pontchaillou.

- Bonjour, Sophie ! répondit Louise qui hésitait entre serrer la main de son interlocutrice ou l'embrasser. Elle n'eut pas le temps de choisir, car au même moment, Bastien se lança :

- Salut Louise ! Élève-infirmier Bastien, deuxième

année d'études, à ton service !

- Et bien, tu as le mérite d'être direct. En tout cas, je vous remercie de prendre du temps pour me renseigner sur votre métier.

Thomas proposa à tous de s'asseoir et commanda quatre bières à la serveuse qui venait d'arriver. En attendant d'être servis, le jeune kiné s'adressa à Louise :

- Je te laisse poser tes questions, par quoi veux-tu commencer ?

- Et bien, Sophie, toi qui as de l'expérience, parle-moi des qualités requises pour devenir infirmière.

- Tout d'abord, expliqua-t-elle, je pense que ce métier ne se réduit pas à une blouse et une seringue ! Prendre soin des autres doit être naturel. La dimension relationnelle est aussi importante que les soins techniques. L'empathie et la patience font partie des qualités indispensables, mais il te faudra être ferme dans certaines situations. J'insiste également sur le fait qu'il est nécessaire de prendre du recul devant la souffrance psychologique ou la douleur, ainsi que la mort, qui font le quotidien de notre profession, c'est indispensable. Chacun évacuera ces moments selon son caractère et sa personnalité : grâce à l'humour parfois, ou en pratiquant un sport... à toi de voir.

- Je comprends très bien ce que tu veux dire, Sophie. Mes parents sont médecins, c'est une véritable vocation pour eux, malgré les heures passées en consultation. En toute humilité, bien sûr, je pense avoir un peu hérité de leur façon d'être.

- C'est un bon début. Il ne te reste plus qu'à le faire fructifier, conclut Sophie.

Se tournant vers Bastien, Louise lui demanda comment se déroulait la période de formation d'un élève. Ce à quoi, le jeune de 28 ans, châtain clair, les yeux bleu-vert et de style décontracté, répondit, le sourire aux lèvres :

- Thomas m'a décrit ton parcours et je dois dire que j'admire le fait que tu oses changer brusquement de chemin. Par contre, ton dossier devra être solide quant à ta motivation.

- Ne t'inquiète pas, Bastien, je vais bien le préparer, justement avec ton aide…

- OK, alors tu es prête, je t'explique : en fait, j'ai commencé tard mes études à l'IFSI de Rennes, parce que j'ai dû aider mon père à se rétablir après un AVC, juste après l'obtention de mon BAC PRO ASSP (accompagnement, soins et services à la personne).

- Je comprends ton choix maintenant.

- Oui, reprit Bastien, et les périodes que j'ai passées en crèche, à l'hôpital ou en EHPAD auprès d'infirmiers, ont appuyé mon dossier. D'ailleurs, la première année à l'IFSI est riche de trois stages de cinq semaines. Quant aux enseignements, il s'agit d'étudier le fonctionnement du corps humain à l'aide de travaux dirigés. Personnellement, j'ai retenu l'école attachée à Pontchaillou, cela facilite l'accès aux stages dans des structures variées, en étant positionné par l'IFSI. Pour finir, tu t'engages pour trois ans d'études.

- Très bien ! Et je suppose que pendant la formation,

je serais attirée par une spécialité et que je devrais la choisir pour continuer ?

- C'est ça ! répondit Bastien.

Après ces deux témoignages, Louise y voyait plus clair. Il lui fallait maintenant organiser son projet. Comme si Bastien lisait dans ses pensées, il lui proposa :

- Je peux t'aider à préparer ta demande, si tu veux ?

Et il ne lui laissa pas le temps de répondre, sortit de son sac à dos un crayon et un calepin où il s'empressa de lui noter son 06. Voilà, je te laisse mon numéro de portable. Je loge sur Rennes, tu n'es pas loin, on pourrait se revoir ?

- Pourquoi pas ? J'y penserai, répondit Louise. En tout cas, je vous remercie tous les deux pour ces précieux renseignements.

- Avec plaisir, dit Sophie, n'hésite pas si tu as encore besoin...

En sortant du bar, Thomas et Louise prirent le même chemin pour rentrer sur Combourg. Sophie et Bastien se dirigèrent vers les transports en commun et se séparèrent.

Les deux amis retrouvèrent Rosie à la maison où ils débriefèrent ensemble sur le projet de Louise, après sa rencontre avec les collègues de Thomas.

Puis celle-ci appela ses parents afin de leur confirmer son choix et prendre de leurs nouvelles. Elle en profita pour leur annoncer qu'elle pensait rester encore quelques semaines en Bretagne, avant de rentrer à Mortagne, et ce malgré le mauvais temps qui persistait. En effet, en Bretagne, leur dit-elle, il était préférable qu'il pleuve un jour humide plutôt qu'un jour où il faisait beau ! Parole de Breton !

Enfin, la jeune femme, n'oubliant pas ses grands-parents, leur téléphona avant le repas du soir. Juliette, toujours heureuse de papoter avec sa petite-fille, lui fit un long résumé de ses journées rythmées par les mêmes activités : petit-déjeuner en tête-à-tête avec Denis toujours aussi silencieux ; petit tour dans la serre au jardin ensemble pour vérifier que les limaces n'aient pas dévoré les jeunes plants de salade ; puis courses à la boulangerie-épicerie-boucherie du bourg à pied, lui permettant de rencontrer des voisins et de discuter de la pluie et du beau temps, ainsi que des dernières funérailles d'un ancien combattant du village ; repas du midi équilibré, conseillé par la caisse de retraite, afin de garder un bon taux de cholestérol et de glycémie ; quant aux après-midi, ils étaient partagés entre la belote chez Marcel et Marie-Jo, leurs voisins et amis, le sport au club de gym douce avec les copines ou les balades à pied, sur la voie verte, avec sa belle-sœur Odile, tandis que Denis et Lucien, le frère de Juliette, regardaient ensemble un téléfilm au chaud.

Louise l'écouta jusqu'au bout et lui décrivit, elle aussi, ses occupations, afin que sa grand-mère ait de quoi raconter à ses amis la prochaine fois. La jeune femme lui promit de lui envoyer des photos sur son portable spécial, conçu pour les personnes très âgées, d'utilisation facile. Juliette était, en effet, très fière de partager les photos de sa petite-fille avec ses connaissances.

L'invitation

Le week-end suivant, alors que la météo bretonne s'annonçait froide mais plutôt ensoleillée, Louise, Rosie et Thomas s'octroyèrent une sortie en bord de mer, à Saint-Benoît des Ondes. En cet après-midi, le ciel était bleu, la marée basse et l'on apercevait au loin, sur l'océan Atlantique, quelques moutons qui paissaient. Qu'il était agréable de marcher sur des kilomètres de sable, les yeux rivés au sol à la recherche de jolis coquillages, souvenir des plaisirs d'enfance !

La petite brise marine faisait voler les cheveux des filles et parfumait l'air d'embruns typiques. Pour parfaire ce tableau en trois dimensions, des mouettes virevoltaient en tous sens autour d'eux, émettant des cris rauques caractéristiques. Certaines d'entre elles s'envolaient dès leur arrivée, formant un ballet de plumes grises et blanches, jusqu'à atterrir quelques mètres plus loin. Elles décollèrent ainsi à chacun de leur passage, dans un mouvement accompagnant le rideau vaporeux des vagues glissant sur le sable mouillé.

Le bruit apaisant des vagues était propice à la discussion entre Louise et Rosie, tandis que Thomas s'adonnait à un moment de jogging. Leur balade fut interrompue par la sonnerie du téléphone du portable de Louise qui répondit à un numéro masqué :

- Oui, allô ?

- Allô, Louise, c'est moi, Bastien. Est-ce que je te dérange ?

- Euh… Bastien, mais non, bien sûr que non ! Mais comment as-tu obtenu mon numéro ?

- Désolé, je l'ai demandé à Thomas parce que je n'avais pas de tes nouvelles, alors, je me suis permis… Euh, dis-moi, je connais un resto sympa près de Combourg, à Dol de Bretagne, ça te dit de m'y accompagner demain midi ? Je suis libre ce lundi et comme il fera beau, on pourrait faire un tour au Mont Dol juste après…

- Pourquoi pas ? J'adore découvrir de nouveaux endroits.

- OK ! Je passe te prendre vers 11h30 ?

- Très bien, merci ! A demain, Bastien !

- A demain, conclut le jeune Rennais.

- Et bien ça, c'est fait ! s'exclama Rosie, tout aussi surprise que son amie de cette soudaine invitation.

- Je ne m'y attendais pas, en effet, répondit Louise.

- Tu verras, le Mont Dol est un endroit très romantique, plaisanta Rosie.

- Ouh, là là ! Ne t'emballe pas. C'est juste une invitation…

- Et c'est comme ça que ça commence…

- Écoute, on verra bien. Inutile de spéculer.

Leur conversation prit fin au retour de Thomas, tout luisant après son footing dans le sable. Bien aérés par ce bol d'air, ils rejoignirent enfin leur véhicule pour rentrer à Combourg. Les trois amis auraient bien aimé assister au coucher de l'astre solaire, si lumineux en cette belle journée d'hiver, dans ce superbe cadre maritime, mais la saison ne se prêtait pas à une balade nocturne.

Le lendemain matin, Louise se leva vers huit heures, déjeuna tranquillement, afin de ne pas déranger Rosie et se mit ensuite en devoir de préparer des demandes d'inscription à différentes écoles d'infirmiers.

Une fois son amie réveillée, elle put s'affairer aux tâches ménagères pour la soulager, elle qui avait la gentillesse de l'héberger aussi longtemps qu'elle le souhaitait. Enfin, elle se prépara avant l'arrivée de Bastien : après avoir souvent porté des jeans depuis son retour de la Réunion, elle se décida pour une robe fleurie, des collants et des bottines basses. Des boucles d'oreilles assorties, un peu de mascara, du fard à paupières et un léger trait de rouge à lèvres, une veste en Jeans et une écharpe chaude finirent de dresser son portrait du jour.

Rosie la confortait sur son choix de rester assez naturelle quand elle aperçut la Clio blanche de Bastien qui se garait devant la maison.

- Ton rendez-vous est arrivé, Louise ! N'oublie pas ton manteau, il peut y avoir du vent au Mont Dol…

- Arrête Rosie ! On dirait ma mère ! Bon, je te laisse, à ce soir. Bisous ! répondit-elle, en attrapant son sac à main accroché au porte-manteau derrière la porte d'entrée. Happée par le froid de ce mois de février, Louise se dirigea vers la Renault de Bastien et ouvrit la portière :

- Salut, Bastien ! Alors, comme ça, tu m'embarques pour une aventure bretonne ?

- Et oui, je t'emmène au Mont Dol, ça n'est pas le Piton des Neiges avec ses 3070 mètres d'altitude, mais notre colline a le mérite d'avoir vue sur le Mont Saint-Michel ! Pas mal, hein ?

- Effectivement, ça a l'air sympa. Je te suis, alors…je vois que tu es allé à la pêche aux renseignements, s'étonna la jeune femme.

- Euh, oui, bredouilla-t-il, ça t'ennuie ?

- Non, bien sûr, je plaisante.

Vingt minutes suffirent aux deux nouveaux amis pour se rendre à leur destination où ils stationnèrent au pied de la cathédrale Saint-Samson, un édifice de style gothique breton magnifique. Ils la longèrent jusqu'au passage des écoles, aux maisons et aux pavés typiques de granite, pour atteindre enfin la grande rue des Stuarts où se situait le restaurant choisi par Bastien.

En levant les yeux pour admirer les demeures à porches et à piliers, Louise se sentit un instant, transportée au Moyen-Âge, en particulier en passant devant la maison des Petits Palets datant du XIIe siècle, l'une des plus anciennes de Bretagne.

- C'est magnifique, s'exclama Louise, c'est le genre de village qui a une âme.

- Je suis heureux que ça te plaise. Nous sommes arrivés.

Bastien précéda la jeune Normande afin de lui ouvrir galamment la porte de l'établissement où ils étaient attendus, suite à la réservation d'une table, au fond de la salle, dans un endroit intime et joliment décoré de mappemondes anciennes et modernes.

Quelques couples de retraités profitaient déjà du lieu dans une ambiance tamisée ainsi qu'une famille de Britanniques, avec deux enfants en bas âge, certainement en vacances. Un peu à l'écart, deux jeunes filles parcouraient le menu, un guide du Routard posé à côté de leurs couverts.

Ils s'installèrent après avoir été accueillis agréablement par les propriétaires du lieu. Ils commandèrent un apéritif ainsi que des plats à base de poisson et de légumes anciens.

Bastien commença la conversation :

- Où en es-tu avec tes dossiers d'inscription aux écoles d'infirmières ?

- J'ai quasiment terminé et je pense les envoyer la semaine prochaine.

- Quelles villes as-tu retenues ?

- Rennes, bien sûr, j'aimerais rester près de chez Thomas et Rosie.

- Parfait, répondit Bastien, qui se réjouissait déjà à

cette idée.

- Mais j'ai aussi postulé à Alençon, près de chez mes parents et également à Caen, dans le Calvados.

- L'IFSI de Rennes est très réputé, insista le jeune homme qui cherchait à l'influencer.

- Je te crois mais Dieu seul sait ! rétorqua Louise qui ne pouvait en aucun cas prédire son affectation.

- Oui, croisons les doigts !

Puis ils échangèrent sur leurs passions respectives, parlèrent un peu de leur famille et enfin sur les lieux de balades autour d'eux.

Le menu léger leur permit de s'offrir un kouign-amann, spécialité bretonne, riche en beurre, un régal ! Ils terminèrent par un café et tandis que Louise allait se rafraîchir aux toilettes, Bastien régla la note. Avant de partir, ils remercièrent le serveur pour son accueil, ainsi que pour la qualité des mets et se dirigèrent vers la sortie. Ils retrouvèrent la voiture après avoir emprunté un chemin différent, afin de découvrir davantage le centre ancien de Dol.

Le Mont Dol ne se situait qu'à trois kilomètres et était, comme toute la région bretonne, très visité. Mais, à cette saison de l'année, le lieu n'était pas envahi de touristes, ils n'eurent donc aucun souci pour se garer. Ils gravirent la petite rue très pentue du rocher granitique, pour atteindre les quelques 65 mètres de hauteur, plantés dans le marais de Dol, terres naturellement gagnées sur la mer. Là-haut, trônait une tour octogonale en granite, datant de 1857, piédestal d'une statue de Notre-Dame de l'Espérance, du sculpteur rennais Rouaux. A deux pas de celle-ci, la chapelle Saint-Michel, consacrée à Notre-Dame protectrice des laboureurs et bien évidemment des marins.

- La vue est splendide ! s'exclama Louise.

- Oui, c'est sympa pour une balade digestive. Tu vois, ajouta Bastien, en pointant du doigt l'horizon, c'est Granville et de l'autre côté, c'est Cancale.

- C'est une baie magnifique, en effet, sans oublier le majestueux Mont Saint-Michel, observa Louise.

- Nous avons la météo avec nous aujourd'hui, lorsque c'est brumeux, on ne voit rien !

- Par contre, ce petit vent d'est... frissonna Louise.

- Normal plaisanta le jeune Breton, depuis qu'ils ont abattu le mur de Berlin ! Imagine-toi, s'ils détruisaient la muraille de Chine !

- Quel humour !

- Oui, j'adore faire rire les filles !

Au même moment, Bastien s'avança vers Louise qui, inconsciemment, s'écarta pour prendre des photos de ce panorama teinté de différents bleus, afin de les envoyer à ses amis de la Réunion et à ses grands-parents.

- Je te remercie pour cette belle journée, Bastien, c'était vraiment sympa ! déclara-t-elle en redescendant du Mont avec son compagnon de balade.

Après son essai avorté de rapprochement vers la jeune femme, il lui proposa de l'accompagner le week-end suivant à un fest-noz dans le centre de Rennes.

- Oui, Rosie a déjà prévu de m'y emmener, on pourrait t'y retrouver ?

- OK, on s'appelle vendredi pour s'organiser ? demanda-t-il, un peu déçu de ne pas s'y rendre seul avec Louise.

Il la déposa à la porte de chez Thomas et Rosie et repartit sur Rennes. Les deux amies ne purent partager leurs journées, la jeune Bretonne d'adoption ayant déjà déserté la maison pour prendre son service à la crêperie où elle travaillait. Thomas, quant à lui, profitait encore de la salle de sport à Rennes avant de rentrer à Combourg. Louise se rappelant que c'était lundi et jour de repos pour sa mère, l'appela en vidéo sur Messenger :

- Coucou maman, comment vas-tu ?

- Très bien, répondit-elle, et toi ?

- J'ai pris un bon bol d'air marin aujourd'hui avec un ami élève-infirmier. D'ailleurs, j'ai besoin de ton aide pour finaliser mes dossiers pour les écoles. Je pense les envoyer cette semaine, c'est possible ?

- Bien sûr, Louise, je t'écoute.

Les deux femmes travaillèrent ensemble et se promirent de se revoir bientôt. Cela faisait presque deux mois que Louise était partie.

Le fest-noz

Le week-end approchait et Rosie dut abandonner son projet d'accompagner son amie à Rennes pour les festivités. Son employeur recevait en effet un groupe du troisième âge, de passage à Combourg et il avait besoin de l'équipe au complet. Thomas allait donc rejoindre Bastien avec Louise à Rennes, ce samedi. Ils s'y retrouvèrent en début d'après-midi, non loin des quais reliant les deux parties de la ville, passage obligé entre le nord et le sud. C'est là où tout convergeait : la place de la République grouillait déjà de monde et le palais du commerce marquait le noyau de la cité d'où on attrapait un métro pour se rapprocher du centre historique et de la place Sainte-Anne.

Ils arrivèrent dans la rue Saint-Michel, plus connue sous le nom de la rue de la Soif, grâce au record de France du plus grand rassemblement de débits de boissons : un bar tous les sept mètres ! Ils s'installèrent à la terrasse de l'un d'eux en attendant le début des danses. Louise en profita pour admirer l'architecture du patrimoine emblématique de Rennes autour d'elle, avec une concentration de maisons de trois à quatre étages à pans de bois, colorés en bleu, ocre ou noir et de torchis. Puis, le regard de la jeune Normande fut bien vite absorbé par le flot de visiteurs et surtout par le nombre impressionnant d'étudiants venus fêter l'évènement. Ils étaient, en effet, environ soixante-dix mille à étudier et à passer les meilleures années de leur vie dans la capitale de l'Ille-et-Vilaine, en particulier la nuit! Thomas en gardait d'ailleurs un sacré souvenir...

Avec le renouveau celtique, les fest-noz connaissaient un très fort engouement, aussi bien auprès des Bretons que des touristes. Ce genre de fête avait trouvé son origine dans les années 1950, dans le centre de la Bretagne, dans le but de recréer les rassemblements festifs de la société paysanne. Les journées de travaux collectifs, les moissons, les battages, les récoltes, les pardons ou les foires, étaient autant de prétextes pour tourner, rire et chanter au rythme du sonneur.

On commença enfin à entendre les musiques traditionnelles, inséparables des danses bretonnes. Une chaîne humaine, mélange de générations, passa devant les trois amis. Une voix cria : Fest noz ! Entrez dans la danse !

- Allons-y ! s'enthousiasma Louise en les voyant.

Le trio se trouva aussitôt embarqué dans le sillage de centaines de danseurs et de musiciens ainsi que d'une foule grandissante. Certains groupes venaient d'Irlande, d'Écosse, du Pays de Galles, de Cornouailles, de l'île de Man... Chapeaux ronds et kilts sautillaient au rythme des binious, des bombardes et des batteries, une mosaïque de costumes traditionnels écossais colorait le tout.

Autour du cortège qui se dirigeait vers la place des Lices, plus spacieuse que les rues encombrées, quelques groupes de personnes improvisaient des rondes joyeuses et invitaient qui voulait dans la foule. L'ambiance spécifique des bagadous, dont celui de Lann-Bihoué, animait également l'ensemble de cette fête celtique. Le rythme allegro semblait insuffler aux festivaliers une force régénératrice. La joie se lisait sur tous les visages, on respirait un air de fraternité, comme si, en une journée, tous devenaient frères et sœurs, unis dans une même allégresse. Le cœur de Louise était rempli d'une paix immense lorsqu'elle vivait des moments uniques comme celui-là. Il lui semblait danser avec le monde entier, comme si les frontières n'existaient plus.

La musique s'arrêta un instant à la fin de la chorégraphie et Thomas en profita pour inviter Louise et Bastien à retourner boire un verre afin, cette fois-ci de se désaltérer. Il aperçut un food-truck au coin de la rue, prit la commande de boissons de ses amis qui s'étaient assis à même le trottoir pour reprendre leur souffle.

- Tu as l'air de t'éclater ! commenta Bastien.

- Oh, oui ! Je me sens tellement bien et je...

Le jeune homme ne la laissa pas terminer sa phrase et l'embrassa aussitôt en lui entourant le visage de ses mains. Surprise, Louise ne réagit pas vraiment, sans pour autant le rejeter. Bastien se jeta à l'eau, pressé de lui confier ses sentiments, avant le retour de Thomas qui patientait toujours au camion.

- Je suis amoureux de toi, Louise, c'est un coup de foudre ! Je ne pense plus qu'à toi depuis notre première rencontre...

La jeune Normande était frileuse en ce qui concernait les relations amoureuses depuis son échec sentimental avec Fabien. Elle ne souhaitait ni souffrir à nouveau, ni faire souffrir un homme. Bastien était certes très séduisant, il avait l'air sympa, mais elle hésitait, elle ne ressentait rien de spécial pour lui.

- Écoute, je ne sais pas, je ne sais pas quoi te dire, je ne suis pas prête...

- Prends ton temps, Louise...

Thomas qui réapparut enfin avec les boissons à la plus grande joie de la jeune femme, un peu mal à l'aise ne sembla pas du tout s'être aperçu du trouble entre les jeunes gens.

- Tenez, servez-vous, une bière et ça repart !

- Merci Thomas ! Danser breton, ça donne soif !

Malgré ses émotions, Louise continua à profiter du festival tardivement avec ses amis, après avoir mangé sur le pouce, comme beaucoup d'autres spectateurs, une spécialité locale faisant l'objet d'un culte avec des règles très précises : une saucisse de porc enroulée dans une galette de blé noir, sans ajout !

- Yec'hed mat ! lança Thomas avant de mordre avec entrain.

- Merci ! répondirent en chœur ses deux amis.

Après s'être rassasié, le trio déambula dans les rues animées, se faufila dans la marée humaine et s'arrêta pour écouter les groupes étrangers. Des couples différents se formaient à chacune des danses. Les trois amis essayèrent de ne pas se perdre pendant cette fête de la nuit, où le fest-noz prenait littéralement tout son sens.

Vers deux heures et demi, après s'être bien amusés, désaltérés et surtout bien dépensés, Bastien salua Thomas et embrassa affectueusement Louise au moment de les quitter et ils se souhaitèrent un bon retour. Dans la voiture qui les ramenait à Combourg, Louise n'ouvrit pas la bouche, fatiguée, mais surtout soucieuse. Devant la demande pressante de Bastien, elle se remémora la scène à Orly où une jeune Bretonne, justement, avait fait appel à son ange gardien, devant une situation particulièrement difficile à démêler. Ce qu'elle fit aussitôt mentalement, dans le but de répondre à Bastien sans l'offenser, au moment voulu. Elle put donc se coucher l'esprit tranquille.

Denis

Le lendemain matin, Louise se leva et rejoignit son amie à la table du petit-déjeuner.

- Alors, Louise, ce fest-noz ? commença Rosie.

- J'en ai encore plein les oreilles et plein les yeux, c'était génial ! J'adore ce genre de musique, c'est pourtant ancien mais ça ne vieillit pas !

- Oui, c'est surtout très entraînant ! On se sent vivre quand on les écoute…

Rosie s'interrompit pour finir sa tasse de café et reprit :

- Thomas m'a dit que son copain infirmier semblait se rapprocher de toi pendant les danses, hier…

- Euh, oui, un peu, c'est-à-dire que…

Un SMS envoyé sur le téléphone de Louise se fit soudainement entendre depuis son sac à main, resté accroché au porte-manteau dans l'entrée, depuis la veille.

- Ah, mince. Juste un instant, Rosie...

Elle se leva, ne sachant que répondre à son amie, au sujet de Bastien et sortit son portable pour y découvrir deux messages : un du jeune homme justement et le deuxième de son père, envoyé à sept heures, le matin même, ainsi que deux appels manqués de sa mère, juste après.

Inquiète à cause de l'heure inhabituelle à laquelle ses parents avaient cherché à la joindre, elle s'excusa auprès de son amie et rejoignit sa chambre pour les rappeler aussitôt. Son père décrocha à la deuxième sonnerie :

- Allô, Louise ! Ta mère et moi avons essayé de te joindre plusieurs fois sans succès, de bonne heure, je l'avoue. Alors, ma marmotte, a-t-elle bien dormi ?

- Oui, très bien, papa. Mais, dis-moi, pourquoi tu m'as appelée ? Tu m'inquiètes...

En bon médecin, Jacques avait commencé sa conversation en plaisantant afin de ne pas affoler sa fille, puis il reprit avec sérieux et calme :

- Nous sommes allés à Alençon, hier après-midi, avec tes frères et tes grands-parents, à un rassemblement de vieilles voitures.

- Et ? s'impatienta la jeune femme.

- Ton grand-père a fait un malaise dans la rue.

- Ce n'est pas grave, j'espère ?

- Nous avons dû appeler les pompiers après les premiers soins d'urgence et il a été conduit à l'hôpital où nous l'avons suivi. Pour tout te dire, c'était un problème cardiaque : après une batterie d'examens, le cardiologue va décider aujourd'hui de la conduite à suivre. Nous en saurons plus après le déjeuner.

- C'est bon, je rentre papa ! Je fais mon sac et je rentre…

- Écoute, Louise, je ne voudrais pas que dans la précipitation, tu aies un accident. Première leçon de médecin à une future infirmière : garder son calme quoiqu'il arrive et surtout prendre rapidement du recul face à une situation d'urgence. Je te propose de préparer tranquillement tes affaires ce matin, de rester avec tes amis ce midi et de nous retrouver à l'hôpital d'Alençon en fin d'après-midi. De toute façon, les visites ne sont pas autorisées afin de laisser papi se reposer.

- Tu as raison papa, après réflexion, c'est plus sage. Je t'envoie un message un peu avant mon arrivée.

- On fait comme ça, ma fille. Je t'embrasse et sois prudente !

- Moi aussi, je t'embrasse papa, répondit Louise en sortant de la pièce.

- Rosie, c'était mon père. Il vient de m'apprendre que mon grand-père a été hospitalisé d'urgence hier, après un malaise cardiaque. Je dois rentrer à Mortagne aujourd'hui.

- Oh, je suis désolée pour Denis. Est-ce que c'est grave ?

- Mon père en saura davantage cet après-midi ; d'ailleurs, il me conseille de garder mon calme et de ne repartir qu'après le déjeuner…

- Il a tout à fait raison, Louise. Partir le ventre plein est une excellente idée, ajouta Rosie en essayant de rassurer sa meilleure amie. Je vais t'aider à préparer tes affaires et appeler Thomas pour lui dire que tu pars plus vite que prévu.

- Tu es un amour, Rosie, rétorqua Louise en prenant son amie dans ses bras.

- Tu aurais agis de la même façon avec moi : la question ne se pose même pas, conclut Rosie.

Thomas essaya de réconforter la jeune Normande après avoir parlé avec Rosie un instant et souhaita un bon rétablissement à son grand-père. Après le repas, les deux amies se saluèrent chaleureusement et se promirent de se revoir rapidement et surtout de se donner des nouvelles le soir même, si possible bien sûr.

Le retour

La jeune Normande prit donc la route du retour, dans sa 206 Peugeot bleue, la tête pleine de pensées contradictoires : elle se souvenait des nombreux moments heureux partagés avec ses amis en Bretagne, mais aussi de ce qu'elle allait découvrir à Alençon. Elle aimait tellement ses grands-parents qu'ils lui semblaient éternels, rien ne pouvait leur arriver de mal. Elle réalisa que son enfance heureuse passée avec eux était derrière elle. En un instant, elle pouvait les perdre. Elle chassa rapidement cette idée de son esprit en se disant qu'elle était chanceuse de les avoir, c'était la chose la plus importante. Elle se devait d'être forte, comme ils le lui avaient appris.

Après presque deux heures de trajet, Louise fit une pause de cinq minutes à Pré-en-Pail, à quelques kilomètres d'Alençon, afin de prévenir son père de son arrivée. En ouvrant son portable, elle s'aperçut qu'elle avait un message non lu : celui de Bastien ! Elle en prit connaissance aussitôt : « Merci pour ce bel après-midi ! Je suis libre mercredi soir, ça te dit de sortir au bowling ? Bisous, Bastien. » La jeune femme l'avait complètement oublié, il n'était pas trop tard pour lui répondre qu'elle était désolée, mais qu'un contretemps urgent la rappelait à Alençon. Elle n'entra pas dans les détails et lui promit de le rappeler plus tard. Puis elle appela rapidement son père, qui lui donna rendez-vous dans le hall d'accueil de l'hôpital vingt minutes plus tard. Ils se retrouvèrent et Louise essaya de garder son calme jusqu'à ce qu'il lui explique l'état de santé de son grand-père : celui-ci devrait se faire poser une pile au cœur afin de réguler ses battements. L'opération aurait lieu le lendemain mais, en attendant, aucune visite n'était possible, le repos étant nécessaire avant l'intervention. Louise était déçue, mais elle accepta la situation et s'enquit du moral des troupes.

Juliette, de nature anxieuse, avait été bien rassurée par le chirurgien chargé de la santé de son époux. Avec Dominique, elle était rentrée à Mortagne où Martin et Vincent l'entouraient de toute leur affection et de leur humour…

La famille était soudée dans un moment difficile et Louise en avait bien conscience ; elle prit la ferme résolution de ne pas trop s'éloigner d'elle pendant ses études d'infirmière. De retour à Mortagne avec son père, Louise trouva l'ambiance assez détendue grâce à ses frères qui s'occupaient bien de leur grand-mère, tandis que la mère de famille préparait le repas du soir. A table, chacun fit un débriefing personnel de la journée précédente afin d'informer Louise de l'événement, mais surtout pour apaiser les tensions qui pouvaient subsister dans l'esprit de chacun. La parole étant source de libération, la nuit serait moins difficile.

Le mardi matin, les garçons durent retourner au travail ainsi que leurs parents. Juliette n'était pas seule puisque sa petite-fille lui tenait compagnie. La journée s'annonçait longue pour les deux femmes, mais Louise avait déjà prévu d'occuper l'esprit et les mains de sa grand-mère : elle lui demanda de lui confectionner son fameux flan à la noix de coco qu'elle adorait depuis toujours. En attendant qu'il refroidisse, elle lui proposa également de se rendre à l'église Notre-Dame afin de prier pour le malade. Juliette apprécia le geste de Louise et la suivit jusqu'à sa voiture.

Elles pénétrèrent ensemble dans le froid humide de la bâtisse, se signèrent avec de l'eau bénite et s'installèrent devant le tabernacle où une bougie électrique allumée indiquait la présence réelle du Christ. Dans le silence du recueillement, chacune demanda la guérison de Denis et du soutien dans cette épreuve.

Louise pensa à Noël dernier, aux dernières paroles de l'homélie du père Pierrick, lors de la messe : « Quand les ténèbres viennent te tenir compagnie, même une petite tige allumée les fera fuir ! » Je serai la lumière pour ma grand-mère afin d'atténuer la tristesse qui la mine et surtout la peur qui l'oppresse, se promit-elle.

Après ce moment intime, elles rentrèrent à la maison où la jeune femme prépara une infusion pour sa grand-mère et un chocolat chaud pour elle en attendant des nouvelles de l'hôpital. Jacques serait le lien entre le chirurgien et sa mère, il pourrait ainsi lui traduire le langage médical en version plus claire.

Enfin, vers 16 heures, le père de famille appela sa mère et sa fille, afin de leur confirmer que Denis était enfin sorti de la salle de réveil, après une intervention sans aucun problème. Il restait sous surveillance pour l'instant et Jacques se tiendrait au courant de l'évolution auprès du service de cardiologie, en fin de journée, après ses consultations. Toutes deux, ainsi rassurées, passèrent le restant de la journée à échanger sur tout et sur rien, en attendant le retour de Dominique et son mari.

Denis sortit de l'hôpital le jeudi suivant et resta en convalescence à Mortagne jusqu'au dimanche, auprès de sa famille, au calme.

Louise fit l'aller-retour à Parigny, en deux jours, pour ramener ses grands-parents et s'assurer que tout était en ordre. Une fois l'intendance du linge, des courses et de la pharmacie réglée, Louise embrassa ses grand-parents qui la remercièrent encore une fois pour son aide. Elle put rentrer chez ses parents l'esprit tranquille.

Rupture

Une semaine s'était écoulée depuis le départ précipité de la jeune Normande de Bretagne, où Bastien attendait certainement avec impatience de ses nouvelles.

Louise ne comptait pas revenir à Combourg : elle débuterait ses études d'infirmière à Alençon, près de sa famille et surtout, elle n'était pas amoureuse de lui. Heureusement, leur relation n'avait pas eu le temps de devenir sérieuse. Mais la jeune femme se devait de lui parler afin de ne pas le laisser espérer inutilement. Ils resteraient amis.

Elle prit donc son courage à deux mains et téléphona à Bastien, alors qu'elle était seule à la maison. Il devait être rentré à cette heure-ci. Effectivement, il répondit après deux sonneries. Louise lui raconta sa semaine et le rassura sur la santé de son grand-père. Elle prit ensuite de ses nouvelles, bien qu'ils ne se soient pas quittés depuis longtemps et, après l'avoir remercié pour tous les bons moments qu'ils avaient passés ensemble, elle lui confirma, finalement, qu'elle n'éprouvait pas de sentiment amoureux pour lui, mais seulement une très belle amitié, qu'elle espérait longue. Bastien eut du mal à digérer la situation. Il lui faudrait un moment pour accepter la décision de Louise. Il préféra d'ailleurs conclure rapidement la conversation, afin de ne pas perdre la face au téléphone et salua, malgré tout, chaleureusement son amie avant de raccrocher. Louise eut un pincement au cœur, se rappelant les suites douloureuses de la rupture avec son ex, l'année passée. Elle se promit de recontacter le jeune Breton d'ici plusieurs mois, afin de voir comment il allait.

Dans la foulée, elle appela aussi Rosie afin de partager avec elle ses choix professionnel et sentimental.

- Coucou Rosie ! Je suis si heureuse de te parler enfin après une semaine chargée en émotions. Je ne m'attendais pas à te quitter si brusquement…

- Ne t'inquiète pas ! Le principal c'est que ton grand-père soit en bonne santé maintenant, il a eu chaud ! Et toi ? Comment vas-tu ?

- Mieux maintenant, je suis soulagée, tu l'imagines bien ! En fait, je voulais aussi t'annoncer que je suis acceptée à l'IFSI d'Alençon et que je vais bientôt commencer à chercher des lieux de stage dans la région.

- Mais c'est génial ! Félicitations ! Si tu as besoin, Thomas peut t'aider pour rentrer au CHU de Pontchaillou…

- C'est gentil, j'y songerai, mais pas la première année, je ne voudrais pas me trouver avec Bastien.

- Ah bon, pourquoi pas ?

- Je viens de lui dire que je ne reviendrai pas en Ille-et-Vilaine et surtout que je ne suis pas amoureuse de lui…

- Dans ce cas, je comprends, répondit Rosie, un peu surprise.

- L'accident cardiaque de papi a permis malgré lui de couper court à une histoire qui n'aurait pas marché de toute façon, réalisa Louise.

- Drôle de hasard, en effet, confirma Rosie. En tout cas, tu seras toujours la bienvenue à la maison, si tu as besoin de vacances.

- Tu es adorable, Rosie ! Et avec du recul, j'ai pris la décision de me rapprocher de ma famille que j'ai apprécié de retrouver après ma longue absence, ajouta-t-elle.
Bon, je te laisse, je t'embrasse, sans oublier Thomas. A bientôt !

- Bisous, à plus ! termina Rosie.

La rentrée à l'IFSI, au mois de septembre prochain, étant encore loin, Louise prit les devants et s'inscrivit en boîte d'intérim afin de ne pas rester à la charge de ses parents et pour mettre également de l'argent de côté. Sa licence en commerce et management lui permit de trouver rapidement du travail, pour des remplacements dans sa branche. Elle alterna ses week-ends à Parigny, chez ses frères ou des amis. Thomas et Rosie profitèrent aussi de quelques jours de repos pour rendre visite à leur amie à Mortagne. Le temps passa à la vitesse d'un éclair. L'été, comme depuis plusieurs années, succéda au printemps de façon soudaine, avec des températures élevées, contrastant avec celles assez fraîches des mois précédents.

Après plusieurs contrats, Louise quitta l'agence d'intérim Worktime à la mi-août, afin de s'octroyer deux semaines de vacances avant d'attaquer son nouveau challenge. Elle était sûre de son choix pour le moment et espérait s'épanouir au sein de cette nouvelle vie professionnelle.

La rentrée

La jeune femme, après un bon petit-déjeuner et encouragée par ses parents, attrapa son sac de cours, les clés de sa Peugeot 206 et prit la route pour Alençon, à une petite quarantaine de kilomètres de la maison. Elle arriva en avance pour prendre le temps de repérer les lieux devant le bâtiment neuf de la Croix-Rouge, où étaient dispensés les enseignements théoriques. Un comité d'accueil, constitué d'élèves de deuxième année, attendait les nouveaux étudiants dans le hall d'entrée, avec du café, des jus de fruits et des viennoiseries fraîches.

- Entrez, soyez les bienvenus à l'IFSI d'Alençon, commença une jeune femme dont le prénom et la fonction étaient inscrits sur un badge, épinglé sur la poche de sa blouse.

- Bonjour, lui répondit Louise, en chœur avec l'assemblée, heureuse de se retrouver entourée de quelques futurs élèves déjà présents.

Chacun se servit une boisson et un croissant, tout en découvrant un tableau où étaient affichées les listes des classes, avec le nom des candidats. Louise parcourut les feuilles du regard et trouva le sien parmi une vingtaine.

La majorité des personnes présentes étaient des filles fraîchement diplômées du Baccalauréat ; quelques jeunes hommes, de plus en plus nombreux dans une profession plutôt féminine, complétaient la section. Louise faisait partie des plus âgés, minoritaires, en reconversion également.

Puis les élèves accueillants demandèrent le silence afin d'appeler chaque nouveau par leur nom. Ils les invitèrent à les suivre à travers les couloirs du bâtiment à deux étages, jusqu'à leur salle de cours. Les tables étaient disposées en un rectangle, de manière que chacun puisse se voir et partager plus facilement. La responsable commença par se présenter :

- Bonjour à tous ! Je m'appelle Aurélie Charron, je suis cadre de santé et votre maître de stage. Je représente l'institution et j'assure la fonction organisationnelle et le suivi de votre encadrement pendant vos études. Je suis également la personne de référence pour organiser le parcours à suivre. Elle fit une légère pause et reprit : je viendrai donc sur le lieu de votre premier stage en vue de rencontrer votre tuteur et l'ensemble de l'équipe du service dans lequel vous évoluerez. L'IFSI se chargera de trouver les stages et de vous répartir dans les quatre secteurs obligatoires : les soins de courte durée, ceux de la santé mentale et de psychiatrie, les soins de longue durée et soins de suite et de réadaptation et enfin, les soins individuels ou collectifs sur des lieux de vie.

Un sacré programme, pensa Louise, je ne vais pas m'ennuyer.

- Enfin, reprit Aurélie, les valeurs qui devront vous guider pendant votre formation sont le respect, la solidarité et l'esprit d'équipe. Je compte sur vous dès maintenant.

Pour conclure, la professionnelle de santé proposa à chacun de se présenter, de donner en quelques lignes son parcours, dans l'intention de faire connaissance avec les élèves qui partageraient ces trois années. Chacun put ensuite poser des questions d'ordre général en ce début de matinée, jusqu'à l'heure du déjeuner.

Le premier cours débuta aussitôt après le repas pris au réfectoire au sein même du bâtiment. Les enseignements théoriques s'enchaînèrent ainsi pendant deux mois et demi jusqu'au premier stage de cinq semaines, mi-novembre.

Des liens d'amitié se créèrent tout naturellement entre les apprentis infirmiers, pendant cette période où l'entraide était importante. Ils étaient également, pour la plupart d'entre eux, impatients de tâter du terrain.

Jean

Louise fut finalement affectée au service pédiatrie du centre hospitalier intercommunal d'Alençon-Mamers. Là même où elle était née ! Curieuse coïncidence ! Elle se rendit donc à l'étage de l'établissement où elle devait retrouver sa coordinatrice. Elle la trouva dans l'aquarium, la pièce vitrée où l'équipe médicale l'attendait déjà.

- Bonjour Aurélie ! Ravie de vous revoir pour mon premier stage, commença Louise.

Puis, se tournant vers l'ensemble du personnel soignant :

- Bonjour, je m'appelle Louise et je vous remercie pour votre accueil. Je ferai de mon mieux…

- Bonjour, Louise ! Merci, répondit une jeune infirmière. Viens avec moi, je vais t'indiquer ton vestiaire en attendant ton tuteur.

Louise la suivit, déposa ses affaires dans un casier déjà attitré, avec son nom et se changea. Après vérification ensemble des règles de base sur la tenue et des règles d'hygiène, ainsi que la remise du badge pour le self, elles revinrent afin de rencontrer la personne responsable de son encadrement pédagogique, pendant ces cinq semaines. Aurélie se mit en devoir de lui présenter l'infirmier, un jeune homme d'une trentaine d'années, plus grand que Louise, brun, les yeux noirs, d'allure décontractée, formé au tutorat.

- Louise, voici Jean, chargé de votre formation...

Au premier regard, la jeune femme fut interloquée, il lui semblait le reconnaître. Mais où l'avait-elle vu la première fois ? Elle n'eut pas le temps d'y réfléchir plus longtemps et salua le jeune homme :

- Enchantée, monsieur ! rétorqua-t-elle.

- Oh, là, là ! Pas de monsieur entre nous. Ici tout le monde se tutoie et se respecte... Donc, moi, c'est Jean ! Bienvenue, Louise !

Au son de sa voix, l'information monta aussitôt au cerveau de la jeune Normande : mais, oui, je sais où je l'ai vu ! À l'aéroport d'Orly ! C'est lui qui a aidé le blessé à trouver des béquilles pour rentrer chez lui. L'instant n'était pas propice pour en parler, d'autant plus que Louise était vraiment surprise de cette rencontre.

- Voici ton livret d'accueil, à garder toujours à disposition. Je vais maintenant te briefer sur les attentes du service te concernant, les objectifs, si tu préfères.

- OK, je t'écoute, répondit la nouvelle élève, déjà attentive.

La matinée fut consacrée à la découverte de l'étage et aux différentes pathologies des enfants, de la naissance à dix-huit ans, auxquelles Louise allait être confrontée cette semaine. Le rythme étant soutenu, la pause du midi fut la bienvenue. Jean entraîna Louise au self-service du bâtiment où régnait une véritable fourmilière. Pendant le repas, ils échangèrent sur les cas médicaux rencontrés plus tôt et, pour décompresser un peu avant de reprendre avant 14 heures, Jean proposa à la jeune femme de sortir prendre l'air dans le petit espace vert dédié au personnel soignant.

- C'est très important de couper un peu avec le service dans la journée. Bien sûr, nous sommes formés pour répondre aux besoins psychologiques et émotionnels des enfants et de leur famille, mais l'émotion peut vite prendre le dessus. D'ailleurs, n'attends jamais pour parler à un collègue ou à moi, si tu commences à te sentir submergée.

- J'y veillerai, merci, répondit Louise qui repensa soudain à l'épisode de l'aéroport et reprit : c'est un peu délicat mais j'aimerai te poser une question personnelle qui n'a rien à voir avec le travail ; est-ce que cela te dérange ?

- Pas de souci, je t'écoute...

- Je pense ne pas me tromper, est-ce que tu étais bien à Orly le 24 décembre de l'année dernière ?

- Le 24 décembre dernier ? demanda-t-il, surpris de cette soudaine question, ma foi, oui ! Une de mes amies partait pour Toulouse et je l'y avais emmenée pour lui rendre service. Comment es-tu au courant ? Je n'y comprends rien !

- Et bien, j'y étais aussi et je t'ai observé aider un voyageur en fauteuil roulant.

- Quel hasard ! C'est vraiment incroyable, et maintenant, je suis ton tuteur à l'hôpital ! Et toi, Louise ? Tu partais ou tu rentrais ?

- Je revenais de l'île de la Réunion où ma vocation d'infirmière a vu le jour, justement !

- On en reparlera, si tu veux, mais plus tard, il est temps pour nous de reprendre le travail.

- Avec plaisir, rétorqua Louise, qui se surprit à rajouter, rattrapée par la spontanéité des Réunionnais, devant une bière, au café de la rue piétonne en centre-ville, un de ces soirs ?

- OK pour moi, renvoya Jean du tac au tac.

Ils reprirent l'ascenseur ensemble pour retrouver l'équipe au complet. Cet après-midi fut consacré à la visite des jeunes malades dans leur chambre. Jean insista sur le fait de toujours prévenir l'enfant ou sa famille de leur entrée, en frappant doucement à la porte, le calme et le besoin de repos étant nécessaire à leur bon rétablissement, tout comme le respect de leur intimité.

Le premier était un garçon de huit ans, épileptique, qui a la suite d'une crise violente, s'était blessé en tombant.

- Bonjour Simon, je te présente Louise qui commence un stage avec nous !

- Bonjour Louise, répondit-il timidement.

- Jean m'a dit que tu allais mieux, est-ce que c'est vrai ?

- Oui, un peu…

Jean reprit :

- J'ai une bonne nouvelle pour toi !

- Ah bon ? rétorqua Simon, le sourire aux lèvres.

- Oui, ton traitement va être mieux adapté, ainsi tes crises vont diminuer et tu pourras enlever ton casque.

- Oh, c'est super, comme ça à l'école, les autres ne se moqueront plus de moi !

- Comment ça ? Tu ne leurs as pas dit que tu voulais devenir cascadeur quand tu seras grand ?

- Non, je voudrais être pompier, comme mon tonton !

- Bingo ! Tu as vu leur super casque ? Je n'en ai jamais vu d'aussi beau ! Et tout le monde adore les pompiers… Tu pourras le dire à tes copains. Je crois que tes parents ne vont pas tarder à arriver, Louise et moi allons te laisser te reposer un peu en les attendant. On se revoit demain.

- A demain, Simon, ajouta l'élève-infirmière.

Une fois sortis, Jean lui expliqua entre autres qu'il fallait éviter de donner systématiquement des surnoms aux enfants et, dans le cas de Simon, qu'il était nécessaire de le valoriser et de l'encourager. Enfin, l'état du jeune patient ne devait pas être commenté devant lui et il revenait au pédiatre de formuler aux parents les décisions qu'il avait prises le concernant. Bien sûr, tout le personnel soignant devait rester attentif à ses besoins. Louise enregistra les consignes de son tuteur qui lui présenta alors le cas suivant avant d'entrer dans sa chambre :

- Nous allons faire la connaissance de Margot, une petite de six ans, atteinte d'asthme chronique, dont la mère est présente et l'assiste dans les soins. Les parents sont invités à rester auprès de leur enfant à condition de respecter quelques règles que nous prenons le temps de leur expliquer en amont.

- Très bien, commenta Louise. Et je suppose qu'avec l'expérience, tu réussis à mettre facilement des mots sur ce que l'enfant va vivre quant aux soins que tu lui prodigues ?

- Oui, en général, cela se passe plutôt bien… J'adapte mon discours à leur âge et à leur compréhension.

Margot, pourtant très jeune, est une habituée du service, surtout en hiver parce que sa maison est très humide, elle est allergique aux moisissures présentes dans les murs. Malheureusement, ses crises sont de plus en plus nombreuses et à chaque fois spectaculaires pour son entourage.

- Quand a-t-elle été admise en pédiatrie ?

- Vendredi dernier… Elle est encore très fatiguée, je pense qu'elle devra rester avec nous encore une bonne semaine. Allons-y...

Toc, toc…

- Entrez, répondit la voix jeune de sa mère.

- Bonjour, madame Vallée, nous venons voir comment va Margot.

- Elle s'est endormie, tout va bien, pour l'instant.

- Avez-vous des questions particulières ?

- Pas vraiment, le pédiatre est passé ce matin. Mais, j'avoue que je m'inquiète sur le retour de Margot à la maison, nous ne sommes qu'au milieu de l'hiver et je crains qu'elle ne rechute rapidement.

- Si elle reste en contact avec l'allergène responsable de son asthme, c'est en effet compliqué.

- Nous avons fait une demande de relogement, mais ça traîne un peu, malheureusement.

- N'hésitez pas à demander un certificat médical pour appuyer votre demande auprès des services concernés, qui sait ? Et n'oubliez pas que nous avons une assistance sociale dans l'établissement qui fait un excellent travail. Elle fait souvent des miracles !

- Merci beaucoup, je vais y songer sérieusement.

- Je vous en prie, conclut Jean, qui prit congé en indiquant la porte à Louise.

- Au revoir, madame, ajouta Louise.

- Bien ! Tu vois, les soins aux malades s'accompagnent aussi d'une écoute des proches, qui sont parfois tellement submergés par la maladie ou les soucis qu'ils ne savent pas à qui s'adresser pour obtenir de l'aide pour améliorer l'état de leur enfant de retour à la maison, commenta Jean.

- Dans la chambre d'à côté, nous allons être confrontés à une adolescente de quinze ans, Lisa, anorexique. Elle a été diagnostiquée en mars dernier : elle a d'abord commencé à restreindre sa quantité de nourriture à la cantine scolaire, puis elle a fui les repas en famille, prétextant qu'elle se trouvait grosse et elle s'est isolée jusqu'à ce que son trouble alimentaire devienne dangereux pour sa propre santé. Elle a été hospitalisée en urgence par le médecin de famille.

- Des situations toujours délicates à traiter,

j'imagine…

- Oui, en effet, nous devons être très attentifs à nos paroles, les soins techniques ne sont pas suffisants, la psychologie entre en compte. En aucun cas, nous ne devons juger, ni l'enfant, ni sa famille.

- OK, je te suis et j'écoute.

Après avoir frappé à la porte, Jean entra doucement, suivi de son élève.

- Coucou Lisa, c'est moi, Jean, puis-je entrer ? Je suis accompagné de Louise qui commence aujourd'hui son stage d'études d'infirmière, je voudrais te la présenter puisqu'elle va passer cinq semaines parmi nous.

- Bonjour Lisa !

- Bonjour Louise, répondit-elle, en se redressant sur son lit.

Jean reprit en s'adressant à sa jeune patiente :

- N'hésite pas à parler aussi avec Louise, si tu as des questions à poser, par exemple, c'est parfois plus facile de se confier entre filles.

- Ce sera avec plaisir pour moi, confirma Louise. J'ai beaucoup à apprendre, alors si tu peux m'aider…

- D'accord, ajouta Lisa avec un sourire.

- Et bien, continua Jean, je pense que vous devriez bien vous entendre toutes les deux à voir ton visage joyeux ! Bon, nous allons continuer nos visites et te laisser te reposer. A demain, Lisa !

- A demain !

Une fois sorti, Jean partagea sa satisfaction quant au sourire de Lisa, qui ne quittait que rarement son masque mélancolique. C'était, en effet, la première fois qu'il la voyait exprimer un sentiment positif depuis son arrivée. Il ne manquerait pas de signaler ce progrès soudain au pédiatre en charge de la jeune patiente.

Jeanne, une infirmière d'une quarantaine d'années, interpella Jean dès qu'elle le vit dans le couloir :

- Dis-moi, Jean, as-tu un moment ? Pascal te cherche pour organiser les séances de kiné du petit Lucas…

- Oui, bien sûr et il est où, notre dinosaure ?

Louise regarda son tuteur d'un air surpris :

- Un dinosaure à l'hôpital ?

- Oui, c'est comme ça que l'on appelle un de nos plus anciens collègues, il approche de la retraite…

- Ah oui, je comprends mieux maintenant.

Jeanne reprit :

- Il doit se trouver dans l'aquarium, avec les filles.

- OK, merci ! Viens, suis-moi, Louise, tu vas faire la connaissance de Pascal.

Tous les trois se retrouvèrent donc à préparer le planning des interventions du kinésithérapeute dans le service, devant une tasse de café. Louise se présenta briè-vement et découvrit le travail de Pascal. Celui-ci s'occupait, en ce moment, de quelques enfants avec des bronchiolites et d'une fillette atteinte de mucoviscidose, ainsi que d'un adolescent victime d'un accident de vélo.

Puis le maître de stage et son élève conclurent cette première journée par les transmissions orales et écrites des soins apportés aux patients du jour, ainsi que la progression de leur pathologie. Sans omettre de noter le magnifique sourire de Lisa !

En fin d'après-midi, Louise rentra à Mortagne, d'humeur joyeuse et l'esprit en paix, soulagée d'avoir intégré une équipe sympathique et de connaître à nouveau un heureux hasard, qui n'était pas sans lui rappeler ses rencontres sur l'île Intense !

La famille se retrouva à table, pour le repas du soir, où la jeune femme raconta à ses parents le déroulement de sa journée et surtout, l'incroyable histoire qu'elle avait vécue.

Elle comprenait maintenant pourquoi Jean avait été si prévenant avec le blessé au terminal d'Orly. Elle appréciait l'empathie dont il faisait preuve auprès des autres. Ce jeune infirmier avait une vocation sincère et elle était ravie qu'il soit son tuteur à l'hôpital.

Premier week-end

La semaine s'enchaîna rapidement, au gré des nombreuses pathologies qui se présentaient à toute heure dans le service : crises d'asthme et bronchiolites, chutes diverses, allergies, accidents domestiques... Louise ne s'ennuyait pas et appréciait son travail auprès des enfants.

Elle découvrit, en plus des gestes médicaux, quelques-unes des indispensables règles d'or du métier : se rendre disponible, aller au-devant des autres, regarder et écouter, ainsi que s'assurer d'avoir bien compris.

L'équipe d'infirmiers et de pédiatres qui l'entourait était aussi agréable qu'efficace. Elle formait, avec les aides-soignants et le personnel technique d'entretien, un ensemble digne d'une ruche, où chacun vaquait à ses occupations, dans un esprit commun.

Après le kinésithérapeute, Louise rencontra la diététicienne, Marie, qui s'occupait d'établir les repas des petits diabétiques, de ceux en surpoids, des allergies alimentaires… et, entre autres, de Lisa.

- Bonjour Louise, tu viens à peine d'arriver en pédiatrie et j'entends déjà parler de toi, en bien, je te rassure.

- Bonjour Marie, j'avoue que je suis moi-même surprise du sourire de Lisa, je ne savais pas qu'elle était si triste habituellement. Je n'ai pourtant rien fait d'extraordinaire…

- Au contraire, c'est une avancée majeure. Je pense qu'une de tes paroles ou un de tes gestes a ouvert inconsciemment une porte dans son esprit. Mais, restons prudents, la guérison est souvent très longue.

- Bien sûr, je veillerai à ne pas la stresser et à instaurer, lors de mes visites, un climat de confiance.

- Très bien, alors, attendons d'obtenir un deuxième point positif la concernant avant d'en parler à ses parents.

D'ailleurs, je dois rencontrer le psychologue de Lisa pour faire le bilan de la semaine dernière.

- Je réalise que plusieurs compétences sont souvent nécessaires pour soigner une seule pathologie, remarqua Louise.

- Oui, cette interaction entre différents professionnels est indispensable au retour d'une qualité de vie optimale pour nos jeunes patients. En tout cas, n'hésite pas à venir me parler si tu as des questions, mon planning est affiché dans l'aquarium.

- Merci beaucoup, Marie.

Louise quitta la diététicienne pour retrouver son tuteur qui continua à lui présenter les malades du service.

L'élève-infirmière trouvait Jean très pédagogue : il était clair, précis et efficace. Le courant passait très bien entre eux, bien qu'il fût difficile d'approfondir une relation amicale pendant le travail. En effet, afin de respecter le calme, nécessaire au repos des enfants, aucune conversation privée ne devait avoir lieu durant les soins, ni en présence de la famille ou du public.

C'est donc en fin de semaine que Louise l'invita à prendre un verre en ville, non loin de la basilique Notre-Dame. Ils s'y retrouvèrent le samedi soir, dans une ambiance joyeuse de fêtards qui préparaient déjà leur longue soirée. Une musique rock accompagnait le brouhaha déjà présent, tandis que virevoltaient des serveuses au gré des clients à servir.

- Ça bouge autant qu'en pédiatrie ! s'exclama Louise, en prenant place à une des dernières tables disponibles.

- Oui, mais là, il n'y a pas de malades ! répondit Jean. En tout cas, pas pour l'instant, ajouta-t-il en riant.

- Break ! Maintenant, on ne parle plus de travail. Es-tu natif d'Alençon ? poursuivit-elle.

- Non, j'y habite depuis cinq ans mais je viens de Bagnoles-de-l'Orne, mes parents y tiennent une boulangerie depuis presque vingt ans. Et toi ? Tu es d'où ?

- De Mortagne-au-Perche. Mon père et ma mère sont tous les deux médecins libéraux et j'avoue que j'apprécie leur aide précieuse pendant mes études.

- C'est évidemment un bel avantage, est-ce qu'ils t'ont donné le virus du médical ?

- Pas vraiment ! En fait, j'ai grandi dans cette ambiance, bien sûr, mais j'ai eu le déclic de ma vocation lors d'un séjour à la Réunion. C'est en cherchant une copine perdue et blessée avec un ami médecin que j'ai fait l'expérience du soin auprès des personnes. En fait, sur notre chemin, dans un hameau isolé en pleine montagne, il s'est trouvé qu'un enfant souffrait d'une appendicite aiguë. Sans notre passage, la situation aurait pu être dramatique : Jean-Lou a demandé un héliportage en urgence vers l'hôpital de Saint-Denis. L'enfant a été sauvé ! J'ai été touchée par la reconnaissance des parents et leur joie devant cette aide providentielle. Et toi ? Comment t'es venue l'idée de devenir infirmier ?

- J'ai été attiré par ce métier parce qu'il collait très bien avec mon caractère spontané et mon état d'esprit. Soulager la souffrance est mon credo, c'est tout ! Je me sens très épanoui dans cette branche, malgré les inconvénients que l'on peut y rencontrer, expliqua Jean.

- Toutes les professions ont des côtés négatifs, tout n'est pas rose, comme dans la vie : il nous faut composer avec patience.

- Tu ne serais pas un peu philosophe, Louise ? demanda Jean en souriant.

- Peut-être qu'en approchant de la trentaine, on est plus mature qu'à vingt, je présume. Mais dis-moi, j'ai été un peu rapide en t'invitant aussi vite à prendre un verre en ville alors que nous ne nous connaissions pas. J'espère que je ne t'ai pas choqué. Je n'ai pas pour habitude d'être aussi directe mais j'avoue que j'ai été tellement surprise en te voyant !

- Choqué non, ne t'inquiète pas. Le monde est petit et il est plus fréquent qu'on ne le pense de rencontrer des voisins ou des amis à des milliers de kilomètres de chez soi. Et dans ton cas, de voir ton futur tuteur dans un aéroport sans le savoir !

- En effet, c'est un hasard surprenant et ce n'est pas le premier ! D'ailleurs, je réalise maintenant pourquoi tu as aidé spontanément une personne inconnue et blessée. Et ce au beau milieu d'une foule de voyageurs complètement indifférents.

- C'est vrai que ma profession m'a appris à agir à la fois dans l'urgence et avec la tête froide.

- En tout cas, je pense que le jeune à qui tu as apporté des béquilles ne s'y attendait sûrement pas !

- Non mais mon petit geste lui a été très utile et c'est tout ce qui compte.

- On est d'accord, répondit Louise ravie de découvrir un point commun avec son tuteur.

Les deux jeunes gens continuèrent à échanger également sur leurs passions et leurs familles jusqu'à une heure tardive, tout en profitant de l'ambiance détendue du bar. Puis ils se quittèrent en se promettant de passer d'autres moments ensemble en dehors de l'hôpital.

.

Deuxième semaine

Louise appela dès le lendemain sa meilleure amie pour lui raconter sa première semaine en immersion.

- Allô, Rosie ? Ça va ?

- Très bien ! Alors, comment s'est passé ton début de stage ?

- Impeccablement bien ! J'adore ce que je fais, l'ambiance est très bonne et tu ne devineras jamais ?

- Non, quoi ? questionna Rosie.

- Mon tuteur dans le service…

- Il ressemble à Leonardo Di Caprio ?

- Mais non, tu es bête… Je l'avais déjà vu à Orly en rentrant de la Réunion. Il rendait service à un mec en fauteuil roulant alors que l'employé de l'aéroport ne levait même pas le petit doigt pour l'aider !

- C'est incroyable ! Quelle coïncidence…

- Il s'appelle Jean, il est vraiment sympa, même en dehors du boulot…

- Parce que vous êtes déjà sortis ensemble ?

- Non, n'exagère pas ! On a seulement pris un verre en ville hier soir.

- Et vous n'avez fait connaissance qu'en début de semaine, si je comprends bien ?

- Euh... oui.

- Ok, ok, je vois.

- Je suis affectée en pédiatrie pour encore quatre semaines, je te tiendrai au courant, madame je veux tout savoir.

- J'y compte bien, mademoiselle la célibataire, rétorqua Rosie. Je te remercie de ton appel mais je dois me préparer à partir travailler. Embrasse tes parents pour moi !

- Et toi, embrasse bien Thomas de ma part. On se rappelle, à plus ! Bisous ! termina Louise en raccrochant.

Après un dimanche de repos bien mérité, Louise reprit le travail le lundi matin, bien décidée à apprendre chaque jour davantage, en compagnie de Jean et de sa chaleureuse équipe de soignants.

De nouveaux cas de malades débarquèrent dans le service : appendicite, fracture d'un membre après une chute de vélo, trauma crânien... ainsi que le défilé des familles qu'il fallait également gérer. Les parents des petits patients étaient en effet encouragés à rester auprès de leur enfant de jour comme de nuit. Il fallait donc les informer sur les règles de vie et les façons de faire propre au service, afin qu'ils participent activement aux soins.

Louise apprit également à encourager l'enfant à l'aide d'un nouveau cas d'épilepsie sur un pré-adolescent en écoutant Jean lui expliquer sa maladie, en fonction de son âge et de sa compréhension, le laissant ainsi participer aux décisions le concernant. Il respectait aussi ses émotions, mettait des mots sur ce qu'il était amené à vivre, sans le brusquer, tant dans les paroles que dans les gestes. Ces moments rappelèrent à la jeune femme la douceur avec laquelle son père la soignait lorsqu'elle était petite, il usait souvent de l'humour pour la rassurer et dédramatiser ses petites blessures.

Une complicité discrète commençait à s'établir entre Louise et son tuteur, bien que concentrés sur leurs tâches professionnelles qui exigeaient une immense attention, ainsi qu'une grande responsabilité.

Lors de la pause déjeuner du mercredi suivant, Jean proposa à la jeune femme une randonnée en forêt le dimanche, l'après-midi seulement, puisqu'il participait à la messe, le matin à Alençon. A sa grande surprise, Louise lui proposa de l'accompagner à l'office et alla même jusqu'à l'inviter au restaurant le midi. Ce qu'il accepta avec joie. Le rendez-vous fut pris sur la place du Pénitre, à deux pas de la basilique Notre-Dame. Jean attendait Louise depuis dix minutes lorsqu'il aperçut la Peugeot bleue pénétrer dans le parking pour s'y garer.

- Bonjour Louise, s'exclama le jeune homme brun, quand elle sortit de son véhicule.

- Bonjour Jean, répondit-elle aussitôt. On y va ? J'apprécie d'arriver un peu en avance pour profiter d'un instant de paix avant de commencer.

- Oh, ça me semble compliqué, tu sais, il y a beaucoup de jeunes familles avec des enfants, c'est un peu le brouhaha au début.

- Et bien, ça me changera de la messe avec mes grands-parents où la moyenne d'âge est élevée.

- Notre paroisse est effectivement très vivante, poursuivit Jean, tout en ouvrant la lourde porte de l'édifice religieux à l'intention de Louise qui le remercia. Ils se signèrent et prirent place au milieu de l'allée centrale déjà bien remplie.

La jeune femme découvrit l'intérieur. Au-dessus de l'autel, s'élevait une sculpture monumentale représentant la Vierge Marie s'élevant dans les cieux, portée par deux anges. A sa gauche, un écran géant retransmettait la messe en direct, pour être visible de partout et aussi sur YouTube, la technologie avait également pris place dans la foi, pensa Louise.

La célébration dura une bonne heure avec des chants joyeux et entraînants, du renouveau charismatique, qu'une chorale nombreuse entonnait. La jeune femme profita d'un moment de recueillement pour confier toute sa famille dans la prière, ainsi que son travail, ses collègues et, bien entendu, sa journée. A la sortie, Jean salua de nombreuses connaissances, sans oublier de leur présenter son amie, ce qu'elle apprécia fortement. Puis la foule se dispersa tranquillement et c'est ainsi que les deux jeunes gens se dirigèrent vers le restaurant Les Papilles rue Cazault, à cinq minutes à pied, où Louise avait réservé une table.

- Ça a l'air bon, commença Jean, en parcourant la carte des menus, c'est la première fois que je viens ici.

- Moi aussi, déclara Louise, en fait, je découvre une autre face d'Alençon en ta compagnie.

- J'en suis ravi ! Prends des forces pour cet après-midi, ajouta-t-il, on va parcourir une quinzaine de kilomètres, tu es prête ?

- Aucun problème ! Si tu pensais me piéger, c'est raté ! J'ai beaucoup randonné à la Réunion, et crois-moi, c'est du sport là-bas…

- Et bien, nous avons quelques points en commun, je vois… et tu es croyante aussi ?

- A vrai dire, je vais à la messe chaque fois que je vais chez mes grands-parents et je ressens une attirance pour le spirituel, sans vraiment tout comprendre. J'avoue que j'ai des lacunes concernant mes années catéchisme, ce qui ne m'a pas empêchée de vivre des expériences inattendues à la Réunion. J'ai eu souvent l'impression d'être guidée par une présence bienfaisante en cherchant mon amie. En fait, des indices se plaçaient sur notre route au fur et à mesure que nous progressions…Et tout cela sans aucune panique, je ressentais une paix inhabituelle. Malgré tout cela, je n'arrive pas à me représenter mentalement Dieu.

- Chacun son cheminement, c'est en pratiquant les sacrements religieux que tu découvriras la relation intime que Dieu t'invite à approfondir avec lui, expliqua le jeune catholique.

- C'est peut-être ce qui me manque. Parfois j'ai cette impression que des lumières sont posées sur ma route pour m'accompagner, insista Louise qui cherchait à en comprendre la signification.

- Elles te sont données, effectivement et toi-même, tu peux être cette lumière dont tu parles pour les autres, ajouta Jean, il suffit d'être attentif aux signes que l'on rencontre.

- A ton avis, par quoi dois-je commencer pour avancer dans la foi ? questionna Louise.

- Rien de plus facile, il te suffit de prier et de parler à Dieu comme à un ami.

- Si je comprends bien, c'est accessible à tous ?

- Il me semble, oui, conclut Jean, en même temps que son repas.

Louise termina elle aussi son sablé maison, garni d'une glace au caramel et de sa chantilly, paya l'addition et sortit avec Jean en direction de la place du Pénitre. La jeune femme récupéra son sac à dos, sa tenue de sport et ses chaussures de marche dans sa voiture, puis elle grimpa dans celle de Jean qui l'attendait.

Il prit la direction ouest de la ville pour une escapade en forêt de Multonne où ils débutèrent, après s'être changés, une boucle de quatorze kilomètres, environ trois heures de marche, en comptant les pauses.

La météo, en cette fin novembre n'était pas encore très froide et ils se réchauffèrent rapidement grâce à une bonne allure. Ils apprécièrent tous les deux ce moment de détente, d'autant plus que le sport était aussi une passion partagée. Ils parlèrent peu pendant cette sortie, préférant apprécier la beauté des couleurs automnales dont les jaune, orangé et brun des feuilles apportaient une lumière unique, si différente de celle de l'Ile Intense. Ils croisèrent quelques joggers du dimanche qu'ils saluèrent de la tête et deux ou trois chiens accompagnés de leur maîtres.

Après s'être désaltérés en arrivant à la voiture, Louise évoqua une de ses randonnées à la Réunion :

- Rien de tel que de marcher en pleine nature pour se ressourcer quel que soit l'endroit où l'on se trouve dans le monde ! J'ai un souvenir mémorable d'un lever de soleil au sommet du Piton des neiges avec deux garçons que j'avais rencontrés lors d'une autre randonnée.

- Oui, j'imagine l'émotion que ça a dû vous procurer, répondit Jean.

- Surtout que la montée est longue et difficile lorsque l'on est pas habitué à l'altitude, rajouta la jeune femme.

- La récompense est toujours plus belle lorsqu'elle est méritée.

- Et toi, Jean, as-tu déjà voyagé en dehors de la France ?

- Oui, j'ai visité Rome avec mes parents, j'avais dix ans à l'époque, j'ai adoré, c'était un musée à ciel ouvert ! J'ai un excellent souvenir de notre visite au Colisée que j'avais alors trouvé immense. Et ma mère a quelques notions d'italien qui nous ont permis de partager quelques bons moments avec la population locale.

- C'est une destination qui me plairait !

- J'ai même eu la chance de visiter la basilique Saint-

Pierre sans faire cette queue interminable de visiteurs et ce grâce à l'obstination de ma mère !

- Ah bon, comment ça ?

- Et bien, après s'être renseignée auprès des carabinieri, elle ne voulait pas nous imposer une attente d'au moins trois heures. Alors comme ils ont l'habitude de se lever très tôt, c'est ce que nous avons fait pour prendre le premier bus vers le Vatican. J'ai encore l'image de notre arrivée, de nuit, après une légère averse, dans la rue de la Conciliazione, face à la basilique, dans la lumière des réverbères qui se reflétaient sur les pavés humides, seuls au monde. Pratiquement aucune voiture ne circulait à cette heure si matinale, racontait Jean.

- Une ambiance particulière à la sortie de la nuit, j'imagine bien…

- Tout à fait, nous avons attendu une bonne demi-heure quand soudain deux groupes de personnes sont arrivés auprès des barrières de sécurité. Nous nous sommes rapprochés d'eux tranquillement pour découvrir en fait qu'il s'agissait de pèlerins en provenance de Nouvelle Zélande : ils portaient le costume traditionnel Maori. Je me rappelle avoir été impressionné par leur stature de footballers américains.

- Je n'en ai jamais rencontré…

Jean reprit :

- Et, non loin d'eux, un monsieur qui faisait partie d'un groupe de Français est venu vers moi pour me dire qu'il était surpris de voir un enfant déjà levé à six heures et demie du matin. Il nous a proposé de les suivre pour entrer dans la basilique et participer avec eux à la messe. En effet, à cette heure-ci, l'entrée était réservée aux pèlerins accompagnés d'un prêtre. C'était des Corses ! Et ce n'est pas tout !

- Ah oui ? demanda Louise, pendue à ses lèvres.

- Nous étions les premiers à entrer dans la basilique : la porte avait une clef d'une taille impressionnante et nous sommes restés bouche bée devant la beauté de l'édifice. Si tu avais vu sa hauteur, c'est simple, les lettres de la prière du Notre-Père que nous pouvions lire sur les murs près du plafond, mesuraient trois mètres chacune ! expliqua Jean qui semblait transporté au Vatican pendant son récit.

- Et cerise sur le gâteau, ajouta-t'il : la célébration à laquelle nous avons assisté était présidée par le cardinal Mamberti, un évêque fraîchement nommé par le pape, que les Corses accompagnaient. En fait, le monsieur qui nous avait invités était diacre et servait de guide pour son groupe.

- Vous avez eu de la chance de vivre cet évènement avec eux.

- Oui, j'avoue que ce fut un moment unique. De plus, nous étions dans la chapelle où se trouve le tombeau du pape Jean-Paul II !

- Incroyable !

La fraîcheur commençait à tomber, les deux compagnons de marche reprirent alors la route vers Alençon. Jean demanda à Louise :

- Et toi ? Connais-tu d'autres pays ?

- Oui, il y a deux ans, j'ai pris mon sac à dos pour l'Indonésie pendant trois mois.

- Pas mal, c'est plus sympa qu'en voyage organisé.

- Tout à fait, je prépare toujours mon arrivée et l'endroit où je vais dormir le premier soir, ensuite c'est l'aventure au gré de mes rencontres.

- Ça ne te dérange pas de voyager seule ?

- En fait, je me retrouve souvent avec des routards du monde entier que je rencontre dans les auberges de jeunesse. Et nous faisons un bout de chemin ensemble pour découvrir le pays.

- C'était un peu comme ça avec mes parents lorsque nous étions en vacances. Ma mère préparait ses circuits de visites à l'avance, mais laissait toujours une place pour l'improvisation. Elle aussi aimait les rencontres inattendues et elle se laissait porter par ces moments magiques, comme elle les appelle.

- Ce sont particulièrement ceux-là que nous n'oublierons jamais, ajouta Louise.

- C'est clair, confirma Jean qui se lança dans un autre témoignage de ses voyages. Une autre fois, j'étais plus âgé, nous étions dans les îles Canaries, à Ténérife, plus exactement, où nous cherchions une église pour la messe du dimanche matin, en nous promenant dans le village près de notre hôtel. Malheureusement, aucun de nous ne parlait espagnol, ce fut donc compliqué, même avec Google Translate, de formuler notre demande à une dame qui nettoyait l'église.

- Et ils ne parlent pas avec les mains, comme en Italie, plaisanta Louise.

- Et non, rétorqua Jean qui reprit son récit, finalement, il n'y avait pas de messe le lendemain mais elle nous montra sur son portable les horaires d'une procession le soir même, à quelques kilomètres seulement de notre hôtel.

- Et vous y êtes allés ?

- Bien sûr, ça n'était pas dans notre programme, mais nous étions ravis d'y aller. Quand nous sommes arrivés, il y avait déjà beaucoup de monde et nous avons suivis les locaux jusqu'au sanctuaire du premier Saint de l'île : le frère Pedro de San Jose Bétancourt. Sur place, nous avons retrouvé la dame de l'église qui nous a envoyé chercher des lumignons distribués à l'entrée : tu ne devineras jamais ?

- Quoi donc ? questionna la jeune femme.

- Et bien, mes parents ont reçu les leurs avec les portraits de Louis et Zélie Martin, deux saints d'Alençon, et moi, un avec saint Jean !

- Quelle coïncidence !

- Et ce n'est pas tout !

- Ah bon, répondit Louise, de nouveau surprise.

- Lors de la procession, ponctuée de cinq arrêts devant des photos de personnages divers et de prières, nous avons eu la surprise de reconnaître le visage de Sainte Thérèse de l'Enfant Jésus, si loin de chez nous !

- En effet, c'était surprenant.

- Et pour remercier la dame, ma mère lui a donné une image de la petite Thérèse qu'elle gardait dans son portefeuille. Imagine-toi sa tête !

- Évidemment ! Tu sais, lors de mes voyages, expliqua Louise, j'adore découvrir de nouveaux paysages, une gastronomie différente, des mœurs et des traditions que je ne connais pas, mais par-dessus tout, ce sont les rencontres inattendues comme les tiennes qui me touchent. Celles où l'on prend le temps d'écouter l'autre, de le regarder vivre et d'apprendre de lui, en toute humilité.

- C'est ça, rajouta Jean, suivre une personne sans préméditation, tout le contraire du voyage organisé, quoi !

- Une autre façon de Vivre avec un grand V !

- Et bien, je crois que l'on arrive. J'ai passé un très bon moment avec toi, c'était sympa ! Je te remercie Louise.

- Moi aussi, j'ai apprécié, Jean, conclut-elle.

Ce week-end avait été aussi agréable que le premier, quoique très différent. Chacun rentra ensuite chez soi, le corps fatigué, mais l'esprit serein, après s'être salué chaleureusement avant de se retrouver la semaine suivante.

Décembre

Louise ne retrouva pas son tuteur à l'hôpital, ce lundi matin, puisqu'il était de repos ce jour-là. Elle fut donc sous la responsabilité d'une cadre infirmière, Clara, qu'elle suivit dans les chambres des enfants malades afin de leur prodiguer les soins appropriés à leurs différentes pathologies. Celle-ci insista, elle aussi, sur le respect de l'intimité de chaque enfant qui doit être traité avec tact et compréhension en toute circonstance. Lors d'un soin du genre prise de sang, toujours un peu angoissant, elle lui conseilla de proposer le soin sans jamais forcer le petit malade : le valoriser et l'encourager pour atténuer la peur de la douleur. Louise prit note mentalement et remercia Clara pour la transmission de son savoir.

Cette dernière effectua un débriefing après chaque geste technique effectué par la jeune étudiante afin d'identifier ses points forts et les axes d'amélioration. Elle aida ainsi son élève à préparer son auto-évaluation qui aurait lieu le vendredi suivant avec son tuteur.

Louise passa son repas du midi seule et en profita pour envoyer un message de nouvelles à sa meilleure amie en Bretagne. Elle lui raconta brièvement son weekend avec Jean et lui promit de l'appeler si les choses évoluaient. Louise se sentait heureuse et à l'aise avec Jean, mais elle ne voulait pas précipiter leur relation. De bonnes bases étaient nécessaires avant d'aller trop loin, ils apprenaient à se découvrir mutuellement, en douceur, et c'était très bien comme ça. Louise reprit son travail avec Clara, non sans penser à Jean, qu'elle retrouverait le lendemain avec plaisir.

Décembre pointait enfin son nez avec les traditionnelles décorations indispensables en pédiatrie. Noël était un booster impressionnant quant à la guérison des petits malades. Le personnel se fit donc un plaisir d'agrémenter l'immense sapin de boules et de guirlandes lumineuses, ornant ainsi le hall d'accueil du service.

L'année précédente, à la même époque, Louise passait ses dernières semaines à la Réunion et en avait profité pour découvrir un marché de Noël local très animé avec son ami Jean-Lou. C'était alors le plein été, tandis que dans le reste du monde, on écrivait des cartes de vœux aux paysages enneigés. Louise avait trouvé le Père-Noël un peu ridicule, engoncé dans son gros manteau d'hiver pendant que le soleil était à son plus haut. Par contre, quoi de plus exotique que de déguster de bons fruits de saison à la place d'un vin chaud ! Même le bon vieux sapin était avantageusement remplacé par un flamboyant, toujours couvert de magnifiques fleurs rouges à l'approche des fêtes. Les deux amis avaient alors choisi de serpenter le marché des Trois-Bassins, une petite commune au sud de Saint-Paul, pour l'ambiance musicale, grâce aux concerts organisés pour l'occasion et également pour les couleurs chatoyantes et les lambrequins des nombreux chalets, qui rappelaient bien que c'était un Noël créole.

Ce dernier week-end avant la fête de la naissance de Jésus était aussi la dernière chance pour ceux qui n'avaient pas encore fait leurs achats, ce qui avait été le cas pour Louise et Jean-Lou. Ce dernier avait prévu de préparer un repas traditionnel avec des produits locaux : un canard aux letchis. Ce fruit de saison se devait de figurer en bonne place sur la table du repas de Noël. Il était bien meilleur qu'en métropole parce que toujours fraîchement cueilli de l'arbre. Le cuisinier amateur avait également trouvé un stand où un producteur proposait du foie gras au combava, une sorte d'agrume vert des tropiques servant à parfumer les plats. Il avait ensuite choisi deux bouteilles de vin de Cilaos, le plus austral des cépages, vendangé en février précédent à l'endroit le plus haut de France. Il fit enfin le plein de fruits de la passion, de mangues, d'ananas Victoria, tendres et doux et de bananes figues, plus petites et plus sucrées que celles que Louise connaissait.

C'était aussi pour la jeune femme, la dernière semaine sur l'île, puisqu'elle s'était envolée le vingt-trois décembre suivant pour retrouver sa famille après quatre mois d'absence. Ce marché était tombé à pic puisque tous les produits de la gastronomie locale étaient réunis en un même lieu.

Tout en flânant entre les visiteurs, elle avait réussi à faire le plein de cadeaux gourmands destinés à ses parents. Elle n'avait pas eu à chercher longtemps ce qui aurait plu à son père, en passant devant un producteur d'un produit phare de la Réunion, présenté par une jeune femme en costume traditionnel : du rhum arrangé

Quelques pas plus loin, elle avait reconnu les représentants de la vanilleraie qu'elle avait visitée avec son ami Jean-Lou ; elle y avait découvert tous les secrets de la culture de la vanille : pendant plus de deux heures, le propriétaire de ladite exploitation leur avait révélé comment, de la plantation de la liane à l'apparition du bourgeon floral, de la fécondation de la fleur aux étapes plus techniques, on arrivait à la gousse si appréciée du monde entier. Une dextérité et une patience en justifiaient le prix élevé. Louise en avait mieux compris la raison et avait choisi un tube de gousses pour les offrir à sa mère, amatrice de produits de qualité en vue de concocter de nouvelles recettes.

Une pause repas s'était imposée entre deux achats, pendant laquelle les deux amis avaient partagé un rougail saucisse à l'ombre d'un eucalyptus.

L'après-midi avait été dédié au farniente et à l'écoute des concerts organisés pour l'occasion, une bière Bourbon à la main, plus connue sous le nom de Dodo et facilement reconnaissable grâce à ses couleurs vives, rouge, jaune et vert et à l'oiseau souriant qui la symbolisait. A deux doigts de son retour pour la métropole, Louise grâce à ces découvertes culinaires, entre autres, avait bien profité, pendant son séjour, de la vie créole.

Avec qui déambulerait-elle entre les étals festifs avant Noël, cette fois-ci ? Elle envoya le soir même un message à Jean lui demandant si cela l'intéresserait d'y faire un tour, ce samedi. Elle reçut la réponse attendue quasiment aussitôt : Excellent ! Tu m'aideras à trouver des idées cadeaux pour mes parents. Merci ! A demain ! Jean.

La pluie de roses

L'ouverture du marché de Noël en centre-ville et le début des illuminations dans les rues préfectorales accueillirent Louise et Jean ce premier samedi du mois. La nuit commençait à tomber à leur arrivée par le pont de la rue de Sarthe qui scintillait de mille feux sur la rivière. Jean s'arrêta au milieu de l'ancienne construction pour apprécier son reflet dans l'eau.

- Sais-tu que les parents de sainte Thérèse se sont vus pour la première fois sur ce pont en 1858 ? demanda-t-il.

- Non, pas du tout, rétorqua-t-elle.

- Il est aussi appelé le pont de la rencontre, c'est un symbole fort pour les couples qui y passent : c'est une invitation à passer sur l'autre rive, à créer des ponts avec ceux d'en face…

- C'est un peu ce que nous sommes en train de vivre, tu ne crois pas ? osa Louise qui eut l'impression que Jean lui tendait une perche.

Jean se tourna vers la jeune femme, lui prit la main et sans hésiter lui confia :

- Je me sens attiré par toi, Louise…

- Moi aussi, Jean, mais si tu es d'accord, ne précipitons pas les choses.

- Nous sommes sur la même longueur d'onde, allons-y doucement.

Ils reprirent leur chemin en se tenant maintenant la main, tout simplement, et le cœur heureux. Ils rejoignirent le quartier de la halle au blé où étaient installés une cinquantaine de chalets blancs et de barnums, pris plus ou moins d'assaut par les visiteurs. Ils flânèrent dans une foule de curieux, de familles et d'enfants excités devant tant de couleurs, de senteurs de marrons chauds, de gaufres et de crêpes sucrées. Un Père Noël, accompagné de ses lutins, distribuait des gourmandises aux enfants sages et acceptait d'un grand ho-ho-ho les lettres de leurs listes de cadeaux qu'ils déposaient dans sa grande besace, avec un sourire complice. Les jeunes enfants retournaient alors en courant vers les bras de leurs parents, les yeux pétillants et le visage rayonnant.

Louise et Jean croisèrent un orgue de barbarie ambulant, puis s'attardèrent à plusieurs cabanes en bois, en particulier celles proposant des douceurs culinaires, version salée ou sucrée. Le jeune homme choisit, avec l'aide de Louise, des tartinades originales à offrir à ses parents ainsi qu'une bonne bouteille de rhum arrangé à la pomme et au gingembre, testé et approuvé par la jeune Normande à la Réunion, pour l'offrir à son père.

Ils continuèrent par la rue aux Sieurs, piétonne, tout aussi animée en raison des nombreuses boutiques ouvertes tardivement pour l'occasion. Leurs pas les menèrent devant la basilique, où ils avaient participé à l'office le week-end précédent et où Jean entraîna Louise, qui le suivit sans réfléchir.

- Entrons, déclara-t-il, j'ai l'habitude de venir confier ma famille à sainte Thérèse pendant l'Avent. Cela ne te dérange pas ?

- Pas le moins du monde, je vais en profiter pour prendre des photos et les envoyer à mes grands-parents. Ma mamie est très attachée à cette Sainte.

Ils se recueillirent un instant devant sa petite chapelle, puis se dirigèrent vers le haut de l'édifice religieux où était également exposée une chasse contenant les reliques des saints Louis et Zélie Martin, les parents de Thérèse. Louise et Jean prièrent en silence, chacun confiant une intention personnelle.

Le jeune homme attendit d'être sorti pour demander à sa nouvelle compagne :

- Connais-tu la pluie de roses qui est organisée par un groupe de prières local la Samaritaine, tous les ans à la basilique, en octobre ?

- Non, qu'est-ce que c'est ?

- C'est un temps spirituel où l'on peut demander l'intercession de sainte Thérèse en faveur d'un vœu qui te tient à cœur, par l'intermédiaire d'une lettre.

- Comme on voit souvent sur les cahiers à l'entrée des églises ?

- C'est un peu ça, sauf que nous accompagnons cette intention de prières et de chants.

- Ah oui ?

- La petite Thérèse a écrit : Je passerai mon ciel à

faire du bien sur la terre...Vous verrez, ce sera comme une pluie de roses. Puis ta lettre est confiée, avec toutes les autres, au carmel d'Alençon.

- Pourquoi faire ?

- Rassure-toi, elle ne sera pas ouverte, mais te sera renvoyée un an plus tard, avant la pluie de roses suivante.

- D'accord, c'est particulier, en effet, et il y a beaucoup de monde ?

- Pas mal, oui, jusqu'à sept cents personnes l'année dernière. Et la plupart d'entre elles se retrouvent à un goûter partagé après la célébration, c'est un moment de partage assez chaleureux.

- Pas mal, tu y es déjà allé ?

- Oui, bien sûr, il y a trois mois. D'ailleurs, je te ferai peut-être lire ma lettre un jour, si notre relation grandit.

- Tu es mystérieux, je vois.

- Beaucoup de gens ont reçu des grâces de réconciliation familiale, de guérison, d'obtention de logement, de travail, etc. Et j'attends la mienne dans la confiance.

- C'est un beau témoignage de foi !

- Merci, Louise, répondit Jean, en souriant.

Ils terminèrent leur soirée en mangeant une galette-saucisse dans la rue et ils burent un vin chaud, puis rejoignirent leurs voitures où ils s'embrassèrent simplement, le cœur joyeux devant une situation qui prenait forme tranquillement.

Louise rentra à Mortagne où ses parents dormaient déjà. Seule Shelby leva la tête un instant, expira et referma les yeux après s'être assurée que tout allait bien.

Une demande en mariage

Elle se leva vers 9h30 le dimanche matin, prit le petit-déjeuner en compagnie de ses parents, tout en leur décrivant sa sortie de la veille avec son collègue de travail. Puis elle trouva un moment pour envoyer un message de nouvelles et les photos prises la veille à sa grand-mère, tout en occultant la personne avec qui elle était. Inutile de lui donner des raisons de spéculer et de subir son interrogatoire. Louise connaissait bien sa grand-mère !

Il n'était que 10h30, la jeune femme décida, sans l'avoir prémédité, d'aller à la messe de 11h à l'église Sainte Céronne afin, pensa-t-elle, d'être en communion avec Jean qui devait se trouver à l'office d'Alençon, au même moment. Elle se vêtit donc chaudement pour retrouver les paroissiens de sa ville, en cette journée dominicale. Pendant la célébration, elle se surprit à demander à Dieu de la guider dans cette nouvelle relation avec Jean. Puis, elle s'abandonna, elle aussi, dans la confiance.

En sortant, elle se dirigea vers la boulangerie la plus proche où une queue de clients patientait, le nez sur leur portable ou en papotant avec leur voisin de la pluie et du beau temps. Une dame aux cheveux blancs, les lèvres dessinées d'un rouge éclatant contrastant avec sa peau claire, d'environ quatre-vingt ans arriva lentement à pied, à l'aide d'un déambulateur qu'elle laissa devant la boutique où elle entra sans attendre.

- Ah, bonjour Majesté, lança la vendeuse à madame Florez, qu'elle avait surnommé ainsi en raison de sa ressemblance avec la reine d'Angleterre Elisabeth II, qu'est-ce que je te sers aujourd'hui ?

- Bonjour Claudine, répondit-elle d'une voix haute et claire, et bien j'aurais besoin de deux pains au lait pour demain matin et d'une baguette bien cuite, s'il te plaît ?

- Autre chose, Mauricette ?

- Oui, bien sûr, un petit pain de mie tranché et une part de pizza au fromage de chèvre.

- Comme d'habitude ! Voilà, Majesté, ça fait treize euros trente.

- Tiens, Claudine, prends ma carte en sans contact.

- Ok, ça marche. Tu peux y aller, Mauricette, je sors mettre tes produits dans le coffre de ton carrosse !

- Merci beaucoup, termina la vieille dame au port altier, malgré ses difficultés à marcher.

Louise sourit en observant la scène devant elle et pensa que la proximité des petits commerçants permettait aux habitants de garder un lien social agréable, quel que soit leur âge, d'autant plus que tout le monde se connaissait. Les échanges entre le personnel et les clients étaient d'ailleurs empathiques et souvent empreints d'humour.

- Bonjour Louise, lança une des trois vendeuses, comment vas-tu ? Ta mère m'a dit que tu étais rentrée d'Outre-mer…

- Ça va très bien, merci et toi, toujours fidèle au poste ?

- Et oui, tu vois, je me plais à Mortagne avec mes petites mamies. Qu'est-ce que je te sers aujourd'hui ?

- Euh, c'est facile, répondit Louise, je vais prendre trois petits gâteaux : un Saint-Honoré, la pâtisserie préférée de mon père, un au chocolat pour entretenir le taux de magnésium de ma mère et, euh... une tartelette au citron meringuée pour moi, s'il te plaît.

- Avec ceci ?

- Un pain tradition et une brioche au sucre pour le goûter. Un bon moyen pour motiver mes parents à s'offrir une bonne balade après le repas.

- Tu as raison, il faut entretenir la forme et... les formes.

Salue bien tes parents de ma part, Louise, et bon dimanche !

- Merci, à toi aussi, à bientôt.

Après le repas en famille et la sortie avec Shelby, Louise reçu un appel de sa meilleure amie Rosie.

- Coucou Louise ! Comment vas-tu ? demanda la Bretonne d'adoption.

- Très bien, ma chère ! Et toi ? Et Thomas ? répondit Louise.

- Ça roule pour nous. D'ailleurs, je t'appelle pour te

demander quelque chose de spécial, de très spécial…

- Laisse-moi deviner…Tu veux que je te refile le nu-méro de Leonardo Di Caprio ? Tu peux toujours rêver ma grande ! plaisanta-t-elle.

- Non, ce n'est la peine, je suis déjà prise !

- Alors, dis-moi tout, je ne vois pas.

- Je te le demande officiellement : acceptes-tu d'être mon témoin à mon mariage ?

- Ouah !!! Mais c'est formidable ! C'est une excellente nouvelle ! Je suis tellement heureuse pour vous deux.

- Merci ! Alors ?

- J'accepte bien sûr, Rosie. J'en suis fière. Et c'est prévu pour quand ?

- En septembre prochain.

- J'imagine que tu es toute excitée ?

- Oui, c'est vrai. Et je dois te dire que nous ne nous sommes pas décidés sur un coup de tête.

- Vraiment ?

- En fait, comme je t'en avais parlé à Combourg, Thomas et moi dialoguons beaucoup et en particulier de ce que nous ressentons face aux événements de la vie.

- Ça permet de mieux se connaître, je pense ?

- Exactement, rétorqua Rosie, après l'échec de ma dernière relation, j'ai longuement réfléchi et je tiens au-tant que Thomas à m'engager dans un amour conjugal fidèle que rien dans cette vie ne pourra détruire.

- C'est légitime, il me semble.

- Alors, nous avons décidé, avant de nous lancer dans

une telle aventure, de nous y préparer : nous tenons à prononcer en toute clarté un oui libre et déterminé le jour de notre mariage.

- Tu as raison, Rosie, c'est tout sauf un examen en vue d'obtenir un permis ! C'est une chance merveilleuse de vous poser des questions essentielles sur l'engagement que vous désirez prendre.

- Je trouve aussi, confirma Rosie qui ajouta, nous voulons nous respecter tout au long de notre vie, ne pas nous prendre à l'essai et nous larguer comme une vieille chaussette dès que nous ne sommes plus satisfaits l'un de l'autre !

- Et en souffrir à chaque fois… répondit Louise qui avait également déjà vécu cette situation douloureuse, en même temps que sa meilleure amie.

- C'est ça. Et on pense souvent que se marier rend prisonnier l'un de l'autre. Personne ne m'y a obligé, je l'ai décidé librement, par amour, avec un grand A et Thomas ressent la même chose que moi.

- Et bien, Rosie, je n'en reviens pas de t'entendre parler comme ça. Je dois te faire une confidence, d'ailleurs…

- Ah oui ?

- Jean et moi sommes amoureux !

- Mais c'est génial !

- Il m'a avoué ses sentiments hier soir, au marché de Noël. Et devine quoi ? Nous sommes d'accord pour prendre le temps de nous connaître avant d'entamer une relation plus sérieuse.

- Je suis entièrement d'accord avec vous, c'est plus

facile de se découvrir avant de vivre ensemble pour le restant de sa vie. Je suis bien consciente que notre vie commune connaîtra des passes difficiles, des tempêtes entre les moments heureux. Nous sommes bien décidés à les affronter. Je tiens à goûter le grand bonheur : celui qui est d'aimer en profondeur. Si tu savais à quel point je suis heureuse de partager tout ça avec toi !

- Sans parler de la fête ! s'exclama Louise. Je vais te préparer un enterrement de vie de jeune fille que nous ne serons pas prêtes d'oublier, crois-moi !

- J'y compte bien, et je te fais confiance.

Louise ajouta :

- À part toi, personne ne doit savoir pour Jean et moi...

- Même pas Thomas ?

- Ne sois pas bête, Rosie. Première leçon de ta meilleure amie : ne pas avoir de secret pour son fiancé !

- Bien, chef ! Tu réfléchis pour une date de mon EVJF ?

- Ok, je te tiens au courant, je te laisse, je bosse demain, bisous, ma grande !

- Bisous, Louise et bonne soirée !

- Toi aussi, merci.

Dernière semaine

Cette quatrième semaine de stage débuta par des soins plus pointus, techniquement parlant : Louise apprit à poser une sonde urinaire et une sonde nasogastrique, des gestes particulièrement délicats pour une première fois, surtout avec d'aussi jeunes patients. Jean guida de nouveau Louise :

- En général, nous évitons tout traitement ou examen qui n'est pas indispensable. C'est déjà difficile avec les adultes et tu imagines bien qu'avec les enfants, ça l'est doublement, il faut donc réduire au minimum les agressions physiques et la douleur.

- Tout à fait, je vais prendre le temps d'expliquer à Jonathan la raison de la pause de sa sonde. Il a confiance en moi, je pense que ça devrait bien se passer.

- Par contre, si tu rencontres une difficulté, passe-moi la main, il ne doit pas se rendre compte qu'il y a un problème. Ça risquerait de le stresser et l'examen deviendrait trop compliqué, nous devrions reporter, à éviter.

- Compris, Jean ! On y va…

La douceur de Louise et son approche sereine du petit Jonathan furent propices au bon déroulement des soins. La jeune élève n'était pas peu fière de la réussite de son premier geste technique. Elle se sentait prête à d'autres apprentissages de ce genre. Son rapprochement avec Jean y était certainement pour quelque chose.

Puis elle assista à un entretien avec les parents d'un petit malade dont le but était de les conseiller et de les soutenir pour accompagner leur enfant pendant la maladie. Il fallait être toujours souriant et prévenant, les accueillir avec courtoisie et surtout personnaliser la relation avec eux. Outre le devoir du secret médical, on devait également respecter les différentes cultures, religions et opinions de chacun. Cette partie du travail était aussi nécessaire que les soins médicaux et tout aussi indispensable. Louise appréciait l'aide psychologique de la fonction d'infirmière, qui n'était pas sans lui rappeler le secours auquel elle avait participé, dans le cirque de Mafate, avec son ami médecin, auprès d'un jeune garçon atteint d'une appendicite aiguë. Cette situation semblait se répéter en métropole. Drôle de hasard…

Jean et Louise s'accordaient très bien au travail, ce qui ne faisait que renforcer leur entente. Ils ne parlaient pourtant jamais de leur vie privée durant les soins des patients, ni en présence de la famille ou du public. Ils déjeunaient ensemble tous les midis, ce qui ne laissait pas indifférents leurs collègues du service qui voyaient là une nouvelle idylle se former. Certains signes ne trompaient pas… D'ailleurs, les infirmiers de leur étage, dont Aurélie, Clara et Jeanne, les invitèrent à partager un fish and chips, au centre-ville, afin de fêter deux de leurs anniversaires, c'était la coutume. Ils étaient tous soudés par la même vocation et une réelle amitié à l'extérieur. C'est donc tout naturellement que Jean et Louise passèrent encore un samedi soir ensemble, mais en compagnie, cette fois-ci.

L'ambiance était cosy et bilingue au nouveau pub The Black Bird qui s'était installé récemment pour le plus grand plaisir des Alençonnais. Les propriétaires du lieu étaient originaires de Hereford, une ville moyenne de l'ouest de l'Angleterre. Ils avaient importé de vieux meubles ainsi que de nombreux outils agricoles anciens, de vieux casques de la dernière guerre, des masques à gaz, des lampes à huile de mineur ainsi que de vieilles cartes géographiques et des publicités rétros qu'ils avaient disséminés sur tous les murs de la salle. La lumière tamisée ajoutait une atmosphère intime à ce lieu hors du temps. Une multitude de rangées de bouteilles de whiskys écossais et irlandais trônaient sans discorde derrière le bar où Debby, la tenancière du pub, échangeait dans un français parfait malgré un léger accent, avec les habitués. Son mari, Peter, s'occupait des tables où il servait également beaucoup de chopes sur des dessous de verre à l'effigie de bières anglaises. Une clientèle britannique fidèle aimait s'y retrouver pour commenter les potins de la famille royale de leur pays, ainsi que pour suivre les matchs de rugby des six nations, à la saison. L'ambiance devenait alors plutôt joyeusement chauvine.

Tous les dimanches après-midi, à partir de quinze

heures, les musiciens amateurs étaient invités avec leurs instruments à jouer et à chanter en rythme, avec les clients venus les écouter. Les chiens, véritables compagnons à quatre pattes, étaient les bienvenus et permettaient à leurs maîtres de faire connaissance facilement, sans la barrière de la langue, grâce aux nombreuses caresses que leurs animaux recevaient de toutes mains !

Après le plat typiquement anglais, chacun des huit amis s'essaya au jeu des fléchettes, tandis que d'autres préférèrent jouer au billard, une boisson à portée de main. Tous s'amusaient, sans jamais parler de travail, c'était la règle, on ne mélangeait pas vie professionnelle et vie privée. L'instant était à la détente et à l'amusement. Louise était ravie de partager cette soirée en compagnie de ses collègues dans un endroit aussi typique, qui n'était pas sans lui rappeler ses échanges scolaires avec le collège. La tendance était, à l'époque, d'apprendre l'anglais et de découvrir une autre culture au sein même de familles. Qui sait ? Ces voyages étaient peut-être à l'origine de son goût pour l'aventure à l'étranger. Elle se mit à espérer que Jean aimerait partager sa passion avec elle.

Certains d'entre eux travaillant le lendemain, il était entendu que la soirée ne s'éterniserait pas pour tous. Jean et Louise étaient privilégiés ce soir-là, puisqu'ils quittèrent les lieux vers 1h du matin. Et comme les week-end précédents, ils rentrèrent chacun chez eux après s'être seulement enlacés et embrassés.

Dernier jour

Dernière ligne droite pour la cinquième semaine de stage au pôle enfants pour Louise qui allait devoir retrouver l'école bientôt.

Le compte à rebours mettait la jeune femme dans un état semi-nostalgique : ses collègues allaient certainement lui manquer beaucoup, ainsi que le côté motivant de l'enseignement pratique. De plus, des liens, certes courts, mais profonds, s'étaient créés avec les enfants malades, comment allait-elle gérer cette partie de l'apprentissage ?
Elle repensa aux paroles de son tuteur d'alors qui l'avait prévenue au début qu'elle ne devait pas hésiter à lui parler, si le besoin se faisait sentir. Elle profita d'une pause pour en discuter avec lui. Jean prit le temps de débriefer avec son élève, à la fois sur ses compétences acquises qu'il nota sur son carnet de bord, ainsi que sur ses questionnements d'ordre psychologique. Il lui apprit que c'était tout à son honneur de prendre soin des enfants de cette façon et que s'y attacher était normal. Mais il était nécessaire de prendre du recul, afin de ne pas sombrer dans une mélancolie due à certaines pathologies très lourdes à porter pour certains d'entre eux, d'où l'importance de se confier. Le temps et l'expérience ai-

dant à accepter certains moments compliqués. Louise apprécia la douceur avec laquelle Jean lui expliqua les choses sans ambiguïté aucune.

Ils reprirent ensuite leurs activités, chacun de leur côté, jusqu'à la fin de la journée. Louise suivit Clara, l'infirmière-cadre, pendant les soins une bonne partie de la semaine. Celle-ci la laissa prodiguer certains gestes médicaux seule, afin de l'évaluer avant son départ. L'élève était dans son élément, comme un poisson dans l'eau et ses notes furent à la hauteur de ce que l'on attendait d'elle.

Simon, le petit garçon épileptique de huit ans, après un nouvel ajustement de son traitement et du repos, était finalement rentré chez lui, ravi de ne plus devoir porter son casque de protection. Il avait offert un magnifique dessin de pompiers au personnel de tout l'étage.

Les parents de Margot, qui souffrait d'asthme chronique, avaient finalement pris la décision de déménager rapidement, après avoir trouvé une maison plus saine, en bordure d'Alençon, grâce à l'intervention de l'assistante sociale de l'hôpital.

Enfin, Louise était allée voir Lisa, une de ses premières patientes, afin de lui signaler son départ et surtout, de partager avec elle sa joie devant les progrès observés chez la jeune fille. L'élève-infirmière lui promit de prendre de ses nouvelles par l'intermédiaire de Jean.

Le dernier jour de stage fut festif, puisqu'il était de bon ton d'offrir un pot à tous les collègues, avant une mutation ou une occasion particulière, comme c'était le cas pour Louise. Ce fut un moment de remerciements respectifs et de promesses de rester en contact, chose aisée, puisque l'ESI de la jeune élève était dans la même ville. Elle annonça à ses nouveaux amis qu'elle songeait sérieusement à louer une chambre à Alençon même, pour éviter la fatigue des longs trajets jusqu'à Mortagne.

Elle allait ensuite enchaîner cinq semaines de cours à l'école d'infirmières et se rendre à la clinique d'Alençon pour un stage dans le service de soins médicaux de réadaptation polyvalents et pneumologiques.

Jean et Louise pourraient ainsi passer plus facilement de temps ensemble pour mieux se connaître.

La lettre

Jean et Louise s'étaient donné rendez-vous de façon un peu inattendue pour ce dernier jour : en effet, le jeune homme finissant plus tard que Louise, lui avait confié les clés de son appartement, afin qu'elle l'attende là-bas, une marque de confiance toute spéciale qu'elle appréciait beaucoup.

Elle se retrouva donc peu après devant la porte du logement de son ami, à Damigny, commune jouxtant Alençon. Elle sortit son porte-clés et ouvrit, fébrilement. D'un pas, elle allait découvrir l'univers de Jean. L'entrée laissa apparaître aussitôt la pièce principale faisant visiblement office de salle et de salon. A droite de la porte, près de la fenêtre, Jean avait installé, sur la table ronde, une surprise pour Louise : sur une nappe blanche immaculée était disposé un service de table pour deux, avec deux belles serviettes rouges, deux bougies ainsi qu'un magnifique bouquet de fleurs avec une carte.

- Et il est romantique, en plus, laissa échapper la jeune femme surprise, à voix haute. Tout en enlevant son manteau, elle fit visuellement le tour de l'intérieur : au-dessus du canapé, sur un grand cadre, étaient épinglées de nombreuses photos familiales certainement ainsi que des selfies. Des plaids douillets agrémentaient les assises et deux poufs autour d'une table en verre, garnie de quelques revues professionnelles ou sportives, complétaient le tout. En face, un écran plat géant reflétait le visage curieux de Louise, qui découvrit plus loin une bibliothèque qu'elle n'hésita pas une seconde à parcourir. Elle adorait lire et Jean aussi ! Enfin, à côté d'un escalier menant sûrement aux chambres et pièce d'eau, la cuisine ouverte où avait certainement été mijoté un bon plat qui embaumait tout l'espace.

Louise s'installa enfin sur le canapé en attendant Jean et alluma son portable afin de prévenir ses parents de son arrivée tardive, encore une fois. Le jeune homme débarqua vers 18h30, le sourire aux lèvres, accueilli chez lui par la jolie femme dont il était tombé sérieusement amoureux cinq semaines plus tôt.

- C'est moi ! annonça-t-il en pénétrant dans la pièce principale.

- C'est sympa chez toi, répondit Louise, en particulier la partie restaurant. Je ne m'y attendais pas ! Merci !

- Je tenais à fêter dignement notre rencontre et la fin de ton premier stage : deux bonnes raisons, il me semble ! déclara Jean en enlaçant sa damoiselle qui répondit à son geste par un baiser langoureux.

Il prit ensuite le temps d'enlever son blouson et de poser ses clés de voiture, puis invita Louise à prendre place à table, après lui avoir indiqué, si besoin, le coin salle de bain à l'étage, pour se rafraîchir.

- J'ai préparé un punch pour l'apéro, ça te va ?

- Bien sûr ! avec modération, je ne voudrais pas finir sous la table avant la fin du repas...

- Les petits fours salés vont t'aider, ne t'inquiète pas ! répondit-il en s'affairant dans sa kitchenette. Ce bouquet est pour toi Louise. Il y a une carte dessus...

- Merci ! Je suis touchée... À notre premier Noël, Jean, lut-elle.

- Tchin, tchin, annonça-t-il, en faisant tinter leurs deux verres.

- C'est drôle, il y a tout juste un an, je rentrais de la Réunion, seule et jamais je n'aurais imaginé trouver l'amour en changeant de vie.

- Dieu seul sait ! s'exclama Jean. À ce sujet, j'ai une confidence à te faire, tu te rappelles de notre visite à la basilique ?

- Oui, bien sûr...

- Et de ma lettre à sainte Thérèse ?

- Et alors ?

Le jeune homme sortit de dessous sa serviette de table une enveloppe cachetée adressée à lui-même, déposée un an auparavant, à la pluie de roses et la tendit à Louise :

- Tiens, c'est pour toi, je tiens à ce que tu l'ouvres. J'ai demandé à sainte Thérèse de m'aider à trouver la femme de ma vie, pour fonder un foyer à l'image de celui de ses parents, Louis et Zélie, qui ont vécu dans un amour parfait. C'est un couple que j'admire, un exemple pour moi.

La jeune femme prit son couteau et déchira délicatement le pli. Elle sortit la lettre, regarda Jean, puis dirigea son regard vers les mots qu'elle découvrit, intriguée :

Ma chère grande sœur,
(Comme j'aimais t'appeler quand j'étais petit)
Je t'écris cette lettre aujourd'hui parce que j'ai encore quelque chose à te demander. Tu vas encore penser que ça revient souvent, mais j'ai bien grandi depuis l'époque où, à l'école primaire, j'avais besoin de toi pour mes contrôles de français !

Bien sûr, je t'ai de nouveau sollicitée pour obtenir mon Bac, sans compter, entre deux, les personnes de ma famille et les nombreux amis que je t'ai confiés dans la prière. J'ai bien compris que tu n'avais pas une baguette magique dans la main pour m'aider et que je devais travailler dur pour avoir de bons résultats.

J'ai également réalisé que les difficultés et les épreuves que nous vivons nous aident à avancer dans la vie comme dans la foi. Nous ferions certainement moins d'efforts pour nous battre ou aider les autres si tout était rose.

Ton aide m'a toujours porté et je t'en rendrai grâce éternellement.

Toi, Thérèse, tu as été appelée par Dieu, tu as choisi le chemin de la sainteté, un parcours simple, modeste, accessible à tous. Tu as conquis les cœurs par millions dans le monde entier, en te contentant de faire « extraordinairement bien les choses ordinaires de la vie » par amour.

Quant à moi, je ne regrette pas la route que j'ai prise au niveau professionnel. Là encore, j'avais laissé une intention de prière à ce sujet, dans la petite chapelle de la basilique Notre-Dame, là où tu as été baptisée et où j'aime venir souvent te visiter. Et j'essaye, chaque jour, de suivre ton exemple, en particulier avec les malades que je côtoie à l'hôpital.

Je suis donc comblé par mon travail, mais à trente ans tout juste, je ressens le besoin d'aimer et d'être aimé par une femme avec qui je rêve de fonder une famille.

Mais voilà, je ne veux pas me tromper, j'ai besoin d'être guidé. C'est pourquoi je reviens vers toi, ma chère Thérèse, afin de déposer ma lettre, en toute confiance, à la pluie de roses de ce samedi.

J'ai bien conscience que tu n'es toujours pas une fée, mais je te demande humblement ton intercession afin de rencontrer la femme de ma vie, celle avec qui je pourrais vivre, comme tes parents l'ont fait, dans un immense respect mutuel et une grande tendresse.

Je me remets donc à ta Sainte Volonté et si ma requête est accordée, je te promets, avec toute ma reconnaissance, de célébrer mon mariage là même où Louis et Zélie, tes saints parents se sont unis, le treize juillet 1858.

Jean

PS : Peux-tu remercier tes parents pour le petit clin d'œil qu'ils nous ont fait à Ténérife.

Louise termina sa lecture et regarda de nouveau Jean en s'exclamant :

- C'est bluffant ! Je suis à la fois surprise et heureuse, c'est comme si notre rencontre était une évidence…

- Oui, répondit Jean, je ressens vraiment au fond de mon cœur que tu es la personne que sainte Thérèse m'a envoyé.

- Comment peux-tu en être si sûr ?

- Lorsque tu m'as dit que tu m'avais déjà vu à Orly, j'ai vécu cela comme un signe de sa part, ça ne pouvait pas être une coïncidence et je me suis abandonné avec confiance et nous voilà, tous les deux !

- J'en suis aussi ravie que toi, Jean…

- Tu vois, pour en revenir à ce dont nous parlions lors de notre deuxième week-end ensemble, après notre sortie en forêt, il n'est nul besoin d'être à l'autre bout de la Terre pour vivre des expériences incroyables, pour toi à l'île de la Réunion et moi en Italie… Je trouve que nous sommes l'exemple de la rencontre extraordinaire et tout ça à notre porte !

- Tu as raison, Jean, je suis partie loin dans l'espoir de quitter mes soucis, de changer de vie et en fait, c'est dans mon quotidien que j'ai trouvé le bonheur !

Comme le disait si bien une amie religieuse de mes

grands-parents : « Sois attentive aux petites lumières sur ton chemin, elles te sont données pour te guider ».

- C'est exactement ce que je pense, confirma le jeune homme qui rajouta : et je souhaite t'inviter à passer ce week-end à Bagnoles, chez mes parents, en tout bien et tout honneur, naturellement. Il y a plusieurs chambres disponibles dans leur maison et nous serons tranquilles, puisqu'en cette période de fêtes ils passent beaucoup de temps à la boulangerie. Nous ne les verrons pas beaucoup. Nous ferons le tour des illuminations de Noël et une ou deux randonnées en forêt.

- Avec plaisir, je rentre ce soir afin de préparer mes affaires et je te rejoins ici demain matin.

- Ok, on fait comme ça, répondit Jean.

Les deux jeunes gens poursuivirent leur soirée romantique jusqu'à environ minuit, heure à laquelle la belle quitta son prince charmant, sans perdre sa pantoufle de vair, des étoiles plein la tête.

Bagnoles-de-l'Orne

Ce samedi matin, la Golf blanche roulait tranquillement vers la station thermale, avec à son bord les deux jeunes gens, le cœur battant à l'unisson sur un air de musique du groupe de pop rock lyonnais Glorious. La voiture pénétra vers midi dans un lotissement récent, pour s'arrêter devant une maison blanche, aux grandes baies vitrées. Jean ouvrit le portail à l'aide d'une télécommande. La construction était entourée d'une pelouse et d'une haie multi-végétale, dégarnie à cette saison. L'arrière était agrémenté de quelques arbres fruitiers et de quatre mini-carrés potagers, où la mère de Jean cultivait quelques légumes pour le plaisir. L'endroit était désert, ses parents étant accaparés par le travail, comme il s'y attendait. Le jeune homme fit visiter sommairement les pièces à Louise, ainsi que sa chambre d'adolescent, qui n'avait pas changé. Ils prirent ensemble un repas rapide, composé des restes de sauté de veau aux légumes, mijotés la veille et de pâtisseries laissées à leur intention dans le frigidaire par Isabelle, la mère de famille.

Puis Louise et Jean se vêtirent chaudement et chaussèrent des randos pour une balade sur les traces de sa jeunesse. Ils passèrent d'abord devant les écoles maternelle et primaire où Jean avait commencé sa scolarité. Ils se dirigèrent ensuite vers le château construit dans un style néo-renaissance, en pierre de pays, en 1858, faisant maintenant office de mairie. Celui-ci était entouré d'un parc de dix-huit hectares, d'arbres remarquables numérotés, répertoriant environ cent soixante-huit essences, dont de nombreux séquoias géants, où Jean venait souvent jouer aux jeux d'enfants, accompagné de ses parents. Ils dépassèrent la fontaine devant l'ancien édifice pour se rendre au Roc au Chien, un site naturel aux abords de la forêt, surplombant d'une vue panoramique à 360° le lac de Bagnoles, les thermes et la forêt. Ils empruntèrent une allée sur un amoncellement de rochers plats jusqu'au piton rocheux, point culminant la station de trente mètres de hauteur.

- C'est magnifique vu d'ici, s'exclama Louise qui eut furtivement une pensée pour Fabien et leur escapade au Mont Dol.

Elle serra très fort la main de Jean qui, se tournant vers elle, la rassura :

- Tu ne vas pas tomber, je te tiens, n'aie pas peur. Tu vois, d'ici, nous lancions des pétards avec les copains les quatorze juillet.

- Ah oui ? Mais, quel est ce bâtiment en bas à droite ?

- Les thermes avec leur grand hôtel, à côté.

- Belle bâtisse, on continue ?

- Oui, si tu veux, on va redescendre vers le lac, en

passant devant le casino installé devant les rives.

Ils purent y admirer les reflets des résidences et en particulier de l'ancien Grand Hôtel, véritable palace fréquenté par des têtes couronnées dans les années trente.

Puis ils empruntèrent la rue principale, bordée de belles boutiques, pour traverser plus loin les boulevards classés du quartier Belle Époque, construits pour recevoir les vacanciers, mais surtout les baigneurs des thermes. Ils y découvrirent de nombreux hôtels, dont plusieurs aujourd'hui désaffectés, souvent visités par Jean, adolescent, avec ses potes, pour fumer la première cigarette ou boire des bières en cachette.

Ils longèrent de somptueuses villas, de la fin du XIXe siècle, symbole des belles années. Ces demeures de deux ou trois étages, dans leurs décorations, portaient les couleurs originelles de Bagnoles : le bleu, signe de l'eau, le vert pour la nature environnante, le jaune pour l'air et le rouge pour la terre. Pour embellir les ouvertures en façade, les architectes avaient choisi des toitures en ardoise contrastant avec le grès armoricain et la brique rouge, en ajoutant du bois et de l'émail comme éléments ornementaux.

- Le chalet normand en face du lac me rappelle certaines demeures de Cabourg ou Deauville, commenta Louise.

- Oui, c'est vrai, le style architectural Bagnolais a un certain cachet. Je ne me lasse pas de le faire visiter, en particulier aujourd'hui !

- Et j'apprécie mon guide, je ne pouvais pas rêver mieux, lui répondit-elle en l'embrassant.

Ils terminèrent leur promenade avant la tombée de la nuit qui venait vite en ce mois de décembre. A leur retour à la maison, les parents de Jean les attendaient dans le salon, de style scandinave, en regardant un film sur Netflix. Les murs étaient tapissés d'un papier imprimé de dessins géométriques blancs sur fond bleu ciel. Le canapé et ses deux fauteuils gris clair, recouverts de plaids en fausse fourrure, ainsi qu'un tapis aux couleurs pastel contribuaient eux aussi à créer une ambiance cocooning. Quelques revues et un roman traînaient sur une table basse en verre dépoli, à côté d'un magnifique yucca dans son pot en céramique blanche.

La mère de Jean, aux cheveux courts châtains et aux yeux verts, portait des lunettes. Elle était de taille moyenne, vêtue de simples jeans et d'un pullover couleur camel. Son visage fin arbora un sourire pour accueillir sa nouvelle invitée.

Elle avait déjà installé des verres sur un plateau et se leva en même temps que son mari.

- Bonjour Jean, et voici Louise… l'amie dont tu nous as parlé ?

- C'est ça ! répondit-il en embrassant sa mère, puis son père. Louise, je te présente Isabelle et Éric, mes chers parents.

- Enchantée, j'ai connu votre fils à l'hôpital

d'Alençon, je suis son élève-infirmière.

- Oui, il nous en a parlé, répondit le père de famille, un homme brun décontracté, aux yeux noisette, dépassant son épouse de vingt centimètres.

- Mais asseyez-vous, je vous en prie, vous devez certainement avoir soif après votre balade ? demanda Isabelle.

- Oui, un peu, merci.

- Connaissiez-vous notre station ?

- Non, pas du tout, c'est avec plaisir que j'ai pu en découvrir une partie, cet après-midi avec Jean.

- Et vous allez pouvoir en profiter encore un peu demain, nous travaillons. La maison est à vous, faites comme chez vous.

- Merci, madame !

- Soyez à l'aise, vous pouvez m'appeler Isabelle.

- Très bien… euh, Isabelle !

La soirée se passa ensuite autour d'un repas léger, dans un climat chaleureux qui permettait à Louise de connaître un peu plus les parents de Jean.

La vie n'avait pas toujours été rose pour eux. En effet, à peine installés dans leur premier commerce, lorsque Jean avait tout juste un an, ils n'avaient pu rembourser leur prêt bancaire à cause d'une terrible erreur de la banque elle-même. Isabelle et Éric, alors âgés de vingt-cinq ans, avaient donc fait totalement confiance à la fois au marchand du fonds, au notaire et au banquier pour acquérir leur entreprise, sans imaginer une seule seconde qu'il était indispensable d'avoir en leur possession les trois derniers bilans de la pâtisserie en vente pour établir le prix réel à emprunter. Cette faute monumentale avait valu aux parents de Jean de vivre dans la pauvreté pendant dix interminables années pendant lesquelles ils avaient trimé pour rembourser la banque et manger !

C'est en essayant de s'en sortir qu'en présentant leurs pâtisseries par l'intermédiaire d'un commercial bienveillant, lors d'un salon gastronomique en Belgique, ils avaient fait la connaissance d'un jeune apprenti à la recherche d'un stage à l'étranger.

De leur rencontre avec les parents de ce jeune, qui avait passé finalement un mois dans leur entreprise, était née une amitié hors du commun. En effet, les deux couples avaient tellement fraternisé que les Belges, découvrant les difficultés de leurs nouveaux amis, les avaient convaincus de les suivre au nord de l'Italie en un lieu de pèlerinage : San Damiano.

En pleine dépression, la mère de Jean avait accepté, n'ayant plus rien à perdre, pensant qu'un lointain voyage la tiendrait un peu à l'écart de tous ses malheurs.

Ce sanctuaire, totalement inconnu des jeunes Français, les avait accueillis le premier jour sous une pluie battante et un froid qui avaient découragé davantage Isabelle. Elle se rappelait avoir pleuré toutes les larmes de son corps mais, par respect pour leurs amis qui avaient fait un si long voyage rien que pour eux, elle était restée le temps des deux longues heures de prière en se promettant de prendre une douche bien chaude en rentrant à la pension de famille où ils étaient logés et surtout de ne pas revenir le lendemain.

En l'écoutant, Louise fut émue d'imaginer la détresse dans laquelle la mère de Jean était à l'époque. Celle-ci reprit son récit devant son auditoire attentif.

Le repas du soir se passait dans une longue salle commune où Italiens, Français et Belges se côtoyaient dans un certain brouhaha. Isabelle se retrouva assise en face d'une amie bretonne de longue date de leur chauffeur belge. Celle-ci réalisa certainement la souffrance de sa voisine de table et se mit à lui raconter comment elle avait découvert ce lieu où la Vierge Marie était apparue à une voyante, Rosa Quattrini, pendant de nombreuses années. Son témoignage surprit au plus haut point son interlocutrice puisqu'il lui semblait qu'elle lisait dans ses pensées. En effet, ce que cette dame avait vécu une vingtaine d'années auparavant était identique à ce qu'Isabelle avait ressenti le matin même ! Toutes les deux ne se rappelaient aucune des prières du notre Père et de l'Ave Maria et se demandaient vraiment ce qu'elles étaient venues faire en ce lieu perdu. Toutes les deux avaient le désir de partir au plus vite. Isabelle avait le souvenir d'avoir pensé aussitôt être en présence d'une sorcière !

Pourtant, le lendemain, après une nuit sans cauchemar et sous un soleil radieux, Isabelle se sentit attirée tout naturellement vers le petit jardin des apparitions de la Madonna delle Rose avec son mari et leurs amis.

Curieusement, elle avait suivi le déroulement des prières avec eux, durant les deux heures, sans aucun problème.

La jeune mère de famille expliqua à Louise comment elle avait alors réellement ressenti une paix immense traversant son corps entier pour la débarrasser de son mal-être, comme si elle avait subi un nettoyage en profondeur.

Le soir venu, elle avait rencontré de nouveau la Rennaise qui, d'un seul regard et sans surprise l'avait trouvée métamorphosée !

Isabelle était bel et bien guérie, même si leurs problèmes n'étaient pas pour autant réglés.

À leur retour en France, ils retrouvèrent le chemin de la messe hebdomadaire, ainsi que celui des sacrements qu'ils avaient abandonnés à l'adolescence, comme beaucoup de leurs amis à l'époque. Et c'est lors d'un office matinal qu'ils rencontrèrent, entre autres, un monsieur qui connaissait San Damiano, ce si petit village perdu en Italie. Isabelle et Éric partagèrent leur histoire et évoquèrent la dette qui les écrasaient. Cet homme, originaire de Nice, avait lui aussi connu de grosses difficultés et il leur proposa de leur présenter l'ami qui l'avait aidé. Il était aide-juridique et accepta de venir des Alpes-Maritimes pour défendre leur dossier après l'avoir étudié. Il réussit à diminuer fortement leur dette auprès de l'établissement bancaire et, à la fin de la même année, les deux artisans vendirent, contre toute attente, leur pâtisserie pour commencer une nouvelle vie !

Louise fut surprise du dénouement de leur histoire et

surtout heureuse de savoir qu'ils avaient pu rebondir ainsi. Éric lui confirma aussi qu'ils avaient tiré une leçon de ces moments difficiles et que la foi les avait sauvés !

La jeune femme comprit alors pourquoi Jean avait cet esprit de confiance et d'abandon, comme ses parents.

Après ce long témoignage, les commerçants prirent congé des jeunes afin de se coucher de bonne heure, travail oblige, tandis que les deux tourtereaux filaient à la salle de cinéma du casino, au bord du lac, pour visionner le dernier film de Cédric Klapisch, Casse-tête chinois. Malgré le froid de ce dernier samedi soir avant Noël, Jean et Louise firent, après la séance, une petite balade jusqu'à la passerelle en bois, arc-boutée au-dessus de l'embouchure de la Vée, desservant le plan d'eau.

Là, ils se firent la promesse de rester ensemble pour le restant de leur vie, tout en s'enlaçant et en se donnant un baiser qu'ils n'oublieraient jamais.

Thomas et Rosie

Après une grasse matinée bien méritée, Jean se leva afin de préparer le petit-déjeuner de Louise pendant que celle-ci répondait à un appel de sa meilleure amie.

- Allô, Louise, comment vas-tu ?

- Très bien, je suis chez Jean, enfin chez ses parents à Bagnoles-de-l'Orne. Nous sommes arrivés hier matin et j'ai fait leur connaissance.

- Oups, pas trop difficile ?

- Un peu stressée, tu l'imagines bien, mais ils m'ont rapidement mise à l'aise.

- Tant mieux, une bonne chose de faite ! Il y a du nouveau de notre côté…

- Ah bon ?

- Oui, tu te rappelles de mon projet de m'installer en restauration ?

- Bien sûr, et ?

- J'ai prospecté dans l'Orne pour me rapprocher aussi de ma famille, côté maternel, puisque celle de Thomas vit dans le sud de la France. Les fonds de commerce sont hors de prix dans les Alpes-Maritimes et j'ai un projet sur Alençon que je devrais finaliser après notre mariage.

- Mais c'est formidable !

- Thomas a postulé au centre hospitalier où tu étais en stage, il a déjà un emploi. Et nous logerons au-dessus du restaurant.

- Je serai ta première cliente ! Et compte sur moi pour rameuter du monde.

- C'est gentil, Louise. Et je vais aménager une chambre pour recevoir gratuitement des routards du monde entier avec comme concept : une chambre pour une nuit contre une recette, de leur région ou de leur pays, confectionnée ensemble !

- Tu as de l'imagination. Sans compter les amis que tu pourrais te faire. En tout cas, c'est une bonne nouvelle.

- Au fait, ajouta Rosie, je suis en train de préparer la liste de nos invités au mariage : je serais très heureuse de la présence de tes parents et de Martin et Vincent.

- Je pense qu'ils seront tous heureux de ton invitation, en particulier mes frères qui adorent faire la fête.

- Génial ! Je t'avoue que je n'aurais jamais imaginer le plaisir que c'est d'organiser son propre mariage : réunir tous ceux que nous aimons, ceux qui nous sont chers et nous réjouir ensemble...

- Oui, confirma Louise et, pour une fois dans sa vie, être l'objet de toutes les attentions, en particulier la mariée. Et le must : arriver à l'église aux bras de ton père !

- A ce propos, Louise, je dois prendre rendez-vous à la boutique Weeding Day à Rennes pour choisir ma robe, tu viendrais avec moi ?

- Je ne manquerais cette occasion pour rien au monde ! Ta mère sera là aussi ?

- Bien sûr ! D'ailleurs, vous pourriez ne faire qu'une voiture.

- Oui, on s'organisera ensemble, ne t'inquiète pas !

- J'ai hâte ! Se marier me semblait un détail dans une vie de couple, avant de rencontrer Thomas. Préparer cette fête avec lui et sa famille, avec mes parents, avec ma meilleure amie est devenu important. C'est tellement excitant !

- Sans oublier de célébrer vos anniversaires de mariage tous les ans…

- Oui, j'ai bien l'intention de tout mettre en œuvre pour mon bonheur et celui de Thomas et ne pas seulement avoir plaisir à être ensemble.

- Tout un programme !

- Penses-tu que c'est trop tôt pour inviter Jean à mon mariage ?

- Notre histoire est encore fraîche mais j'en serais ravie. Je vais quand même lui en parler d'abord, ça ne te dérange pas ?

- No problem, my dear !

- Merci Rosie, je vais aller déjeuner maintenant, Jean va s'impatienter…

- Ok. A plus Louise, termina Rosie.

- Bisous, ma grande !

Automne 2013

Louise poursuivit ses études d'infirmière à Alençon, alternant l'école et deux autres stages, un à la clinique et le second, toujours de cinq semaines, en soins de longue durée en gastro-entérologie, à l'hôpital.

Jean et Louise continuèrent à se voir, à apprendre à se connaître, à travers de longues discussions, ainsi qu'en partageant des moments de loisirs ensemble.

Les amis de Jean devinrent les amis de Louise et le couple Rosie-Thomas fut le témoin du bonheur de ces deux-là à plusieurs reprises.

Ces derniers se marièrent début septembre à Mortagne, lieu de naissance de Rosie, avec, notamment, en tant que témoin de leur union, sa meilleure amie, Louise. Ils s'installèrent quelques mois plus tard dans l'appartement au-dessus du restaurant de Rosie. Elle s'occupa elle-même de l'agencement et de la décoration, en chinant des tables et des chaises qu'elle habilla de coussins en tissus imprimés hétéroclites. Elle ajouta plusieurs cadres des photos de voyage de son amie Louise afin de créer une ambiance routard. Elle installa également un grand tableau noir où tout client de passage pouvait écrire une phrase ou un mot destiné à partager sa joie, un petit bonheur ou autre, du moment que cela venait du cœur.

La nouvelle crêperie, au centre-ville d'Alençon, s'appelait Au Fest-Noz, un rappel de l'endroit de sa première rencontre avec Thomas.

Thomas devint le collègue de Jean à l'hôpital. Et tous les deux, ils créèrent une association d'entraide aux élèves-infirmiers aux petits moyens.

Louise n'avait pas oublié Bastien ! Elle fut très heureuse d'apprendre qu'il avait, lui-aussi, enfin trouvé l'amour. Ils étaient restés en contact et Bastien avait fini par réaliser que l'on ne pouvait pas forcer le destin. Malgré son chagrin, Louise avait essayé de lui faire prendre du recul et de s'ouvrir lui-aussi aux flammes qui éclaireraient son chemin. Petit à petit, il s'était apaisé et, fort de cette nouvelle joie de vivre, il se remit à rayonner et plut à une jeune femme très douce du nom de Lucie.

Louise lui conseilla de prendre son temps avec elle et d'apprendre à se connaître mutuellement, sans précipitation et dans le plus grand respect. Le jeune homme apprécia l'aide de son amie : il découvrit que l'amour et l'amitié avec un grand A existaient vraiment !

La jeune Normande avait appris, depuis son voyage à la Réunion, à s'abandonner à la providence, à interpréter ces petites lumières sur son chemin, qu'elle appelait des heureux hasards. Que ce soit des personnes rencontrées au fil de sa vie ou des évènements, désormais, elle était attentive aux signes qu'elle recevait. Même si elle était sur un cheminement récent concernant sa foi, elle était persuadée que sa rencontre avec Jean ne relevait pas d'une simple coïncidence !

Et c'est tout naturellement qu'ils décidèrent, après s'être fiancés, d'échanger leurs alliances trois semaines après leurs amis, à la basilique Notre-Dame d'Alençon, un lieu symbolique de leur rencontre. La messe était présidée par le père Pierrick, ami de longue date de la famille de Louise. Celui-ci, après avoir accueilli la nombreuse assemblée commença la célébration :

- Chers frères et sœurs, nous sommes réunis aujourd'hui dans cette magnifique basilique afin d'unir Louise et Jean par les liens sacrés du mariage. Et je tiens à féliciter, en passant, vos amis Rosie et Thomas qui viennent tout juste de s'engager sur la même voie.

Un sourire apparut sur les visages des intéressés assis au premier rang. Le prêtre reprit :

- Je vous souhaite donc à tous, jeunes et moins jeunes, parents, grand-parents, famille, amis, voisins et collègues la bienvenue au nom de toute l'église !

La chorale entonna aussitôt, à la surprise générale, un chant de style pop rock à la louange de Dieu qui réveilla les esprits habitués à entendre un orgue plutôt que de la musique moderne. Jean, qui connaissait le groupe Glorious, souhaitait apporter du dynamisme à la célébration afin de montrer à son entourage que la foi était joyeuse.

Et c'est tout naturellement que le père Pierrick après avoir proclamé l'évangile, commença son homélie en plaisantant :

- Êtes-vous vraiment sûr de vouloir vous marier aujourd'hui Louise et Jean ?

L'assemblée surprise de cette question attendit la réponse des fiancés.

- Oui, répondirent-ils en chœur…

- Parce qu'il fait vraiment trop chaud aujourd'hui, dit-t 'il en essuyant son front perlé de sueur sous les rires de son auditoire. Je vous trouve tous très courageux ! Mais, soyons sérieux pour une fois : savez-vous, Louise et Jean que le contrat que vous vous engagez à signer avec Dieu n'est pas rétractable dans les huit jours ? Vous m'avez confié votre profond désir de vous donner totalement l'un à l'autre, avec vos qualités et vos défauts dont nous avons parlé ensemble. Je pense que cela devrait s'arranger en mangeant moins de chocolat, n'est-ce pas Louise ? Le mariage est quelque chose de sacré aux yeux de Dieu mais l'est aussi pour vous : vous avez discuté sur ce projet, vous envisagez maintenant toute une vie à deux, dans la joie mais aussi dans les épreuves, et ce par tous les temps ! C'est donc en connaissance de cause que vous allez maintenant échanger vos consentements devant témoins, êtes-vous prêts Louise et Jean ?

- Oui, nous le sommes.

Ces derniers se levèrent, émus l'un comme l'autre puis écoutèrent le père Pierrick demander à chacun :

- Vous allez vous engager l'un envers l'autre, est-ce librement et sans contrainte ?

- Oui.

- Vous allez vous promettre fidélité. Est-ce pour toute votre vie ?

- Oui.

- Dans le foyer que vous allez fonder, acceptez-vous la responsabilité d'époux et de parents ?

- Oui.

Après les formules traditionnelles suivantes, le prêtre invita alors les fiancés à se donner la main et à prononcer les mots de leur engagement :

- Devant tous ceux qui sont ici et en présence de Dieu, échangez vos consentements.

Jean, le cœur battant s'adressa à sa fiancée avec un regard plein de tendresse :

- Louise, veux-tu être ma femme ?

- Oui, je veux être ta femme. Et toi, Jean, veux-tu être mon mari ? demanda-t-elle submergée par le bonheur.

- Oui, Louise, je te reçois comme épouse et je me donne à toi pour t'aimer fidèlement tout au long de notre vie.

- Jean, je te reçois comme époux et je me donne à toi pour t'aimer fidèlement tout au long de notre vie.

Le célébrant repris :

- Désormais, vous êtes unis par Dieu dans le mariage. Remercions le Seigneur et à ta demande Jean, nous rendons grâce à Sainte Thérèse qui a répondu favorablement à ton courrier, si je puis dire, déposé lors de la dernière pluie de roses en cette basilique. Maintenant, je vais demander à ton filleul Louise de s'approcher avec les anneaux.

L'échange des alliances se fit avec la bénédiction du prêtre qui pour détendre un peu les jeunes mariés ajouta :

- Veillez à ne pas vous tromper de doigt… et vivez maintenant dans la joie en vous aimant comme vous l'avez promis !

Louise et Jean s'embrassèrent alors tendrement et se retournèrent juste pour apercevoir leurs parents respectifs se féliciter en ce moment béni. Puis, le père Pierrick leur tendit un micro pour adresser une courte prière d'action de grâce :

- Sainte Thérèse, nous tenons à te remercier d'avoir permis notre rencontre qui relève d'un heureux hasard…Tu as mis sur nos chemins respectifs des signes pour nous guider l'un vers l'autre. Enfin, nous confions désormais notre couple à tes parents Louis et Zélie. Amen !

Le célébrant invita finalement les nouveaux époux ainsi que les témoins à venir signer le registre paroissial puis le tout nouveau livret de famille chrétien, tandis que les autres invités se dirigèrent vers le bas de la basilique. Une haie d'honneur se forma alors sur le parvis jusqu'à l'arrivée des mariés qui, sous une acclamation générale, reçurent une pluie de pétales de roses en signe de joie.

Leurs familles et amis, dont sœur Marie-Paule, se retrouvèrent pour fêter dignement leur union à Bagnoles, au manoir du Gué aux Biches. Un endroit magnifiquement situé sur une colline, dans un parc naturel, à trois kilomètres à peine de la maison de Jean.

Les nouveaux propriétaires danois du lieu, Hans et Soren, accueillirent les nouveaux mariés dans la suite Alexandre Dumas décorée avec raffinement dans le style Belle Époque pour leur première nuit, tels des princes.

Leur voyage de noces ne les mènerait ni dans l'île de la Réunion, ni aux Canaries, ni à Rome, mais dans un pays qu'ils ne connaissaient ni l'un ni l'autre : l'Irlande !

Dimanche de la santé (10 février 2013)

La vocation du dimanche de la santé est vraiment de rendre visible, dans les communautés chrétiennes, l'ensemble des soignants, les chercheurs, les aidants, les visiteurs de malades, les équipes d'aumôneries et toutes les associations…

Ceux qui œuvrent, souvent dans l'ombre, et sont tellement importants, tellement essentiels pour la prise en charge des personnes malades, âgées, handicapées, pour leur bien-être et pour que de nouveaux traitements apparaissent.

Inciter nos assemblées à prier, une fois dans l'année, pour ceux qui soignent, pour les métiers oubliés des hôpitaux : personnel de service, ambulanciers, agents d'amphithéâtres… pour les soignants dans nos quartiers, pour les membres des aumôneries ou du Service Évangélique des malades et pour le grand nombre de bénévoles, ce n'est pas trop.

Chantal Lavoillotte, aumônière d'hôpital

Remerciements

Ce livre est une suite personnelle du premier roman de ma fille, avec laquelle je partage entre autres la passion de la lecture et la foi. Elle a écrit Hasards heureux, une œuvre autobiographique que j'ai également diffusée autour de moi. Un grand nombre de ses lecteurs m'ont réclamé la suite mais, face à l'organisation de son propre mariage, elle n'en a pas eu le temps. Je lui en ai fait la surprise et j'avoue que je me suis prise au jeu : j'ai adoré !

Je la remercie donc d'avoir été la petite lumière sur mon chemin, d'avoir fait grandir notre complicité, malgré nos deux esprits très indépendants.

J'ai essayé de respecter les personnages et certains lieux sont ceux que nous connaissons et où nous vivons. Je me suis simplement permise quelques modifications de dates pour coller à mon histoire.

Je remercie également très fraternellement le père Godefroy, de la paroisse Saint Jean-Baptiste, de la Ferté-Macé, qui m'a confié sa propre homélie, sous forme de parabole africaine, du même type que celles dont il nous gratifie à chacune de ses messes. L'Évangile, expliqué ainsi, est accessible à tous, petits et grands.

Merci à Klaus et Soren, les propriétaires danois du manoir du Gué aux Biches, à Bagnoles-de-l'Orne, qui ne cessent de partager leur demeure avec tous, et particulièrement pour m'avoir permis de m'inspirer de ce lieu, à la fois hors du temps et à l'esprit si contemporain, à découvrir absolument !

Je n'oublie surtout pas mon fils Paul, le petit dernier de la grande fratrie, qui est resté discret, dans le secret de mon écriture, dès le début, afin de m'aider dans l'utilisation de son ordinateur.

J'ai confié la première lecture de mon histoire à ma meilleure amie, Corinne (depuis la maternelle). Elle a été très émue, connaissant notre vécu relaté en partie dans mon roman. Et, à la fin de notre partage, une libellule est venue se poser sur le rebord extérieur de la fenêtre de son salon, comme un clin d'œil de sa petite sœur, Patricia, décédée six mois auparavant et qui n'a pas eu le temps de terminer le livre de ma fille.

Merci également pour la correction, très précieuse, de mon ami Franck, professeur de français dans une première vie ainsi que pour ses conseils sur le monde médical qu'il côtoie maintenant, dans sa deuxième vie.

Dominique a également remanié mes écrits avec un regard à la fois professionnel et spirituel. Tu as été une lumière essentielle pour finaliser mon projet. Merci !

Je recommande enfin le talent graphiste de mon jeune neveu Johan qui a su reproduire avec exactitude la couverture de mon livre. Bravo !

Respect surtout à tout le personnel médical qui exerce une profession que je serais incapable d'accomplir !

J'espère enfin que mon roman, qui est aussi un témoignage de ma foi, vous permettra d'être attentifs aux petites lumières dans votre vie. Que l'Esprit Saint vous éclaire !